# 王太子から婚約破棄され、嫌がらせのようにオジサンと結婚させられました

## ～結婚したオジサンがカッコいいので満足です！～

登場人物紹介
Characters
レオン・リュードリア
領民に慕われる辺境伯。
シャルロットの親と同年代だが、
アラサーにしか見えない美形。
シャルロット・クリストファー
公爵令嬢。
元婚約者の横暴な命令により、
レオンと結婚し、
辺境伯夫人になることに。

カイン・ガーライア
王太子。
シャルロットがリリアを
いじめていると思い込み、
婚約破棄を言い渡した。
リリア・ジュンナー
男爵令嬢。
カインと恋仲であり、
シャルロットにいじめられた
と彼に訴えた。
リーシャ
レオンの侍女。
辺境伯の屋敷に
長年仕えている。
サティ
シャルロットの専属侍女。
公爵家から辺境伯領まで
はるばるついてきた。
アルト・クリストファー
シャルロットの弟である
公爵家の令息。
姉との家族仲は良好。

今日は卒業パーティーの日。

本来ならこの日は、成人する第一歩として、厳《おごそ》かで緊張感がありながらも、華やかに皆でお祝いする場、というのが一般的なものだと思いますわ。

ですが、そんなパーティーに不釣り合いな声が会場中に響き渡りました。

「シャルロット！　お前は王太子である俺と婚約しておきながら、次期王妃としてあるまじき行為をした！」

そう叫んだのは私の婚約者であるカイン・ガーライア様ですわ。

婚約者、とは言ったものの、ここ最近は話をすることはおろか、目が合うこともなかったので、本当に婚約しているのか、と疑問に思っていたところですが。

久しぶりに話しかけてきた、と思ったらそのような話ですか。

怒りで顔を真っ赤にしているカイン様に対して、私は首を傾げました。

「まぁ、それは一体どの行為を指しておっしゃっていますの？」

そしてそのまま、カイン様の隣にいる、最近彼と仲睦まじいともっぱらの噂であるリリア・ジュンナー様に視線を向けましたわ。

すると私の視線に気付いたのか、リリア様はわざとらしく肩をビクッとさせたかと思ったら、カイン様に擦《す》り寄るように隠れてしまいました。

隠れる、ということは何かやましいことがあるということだ、と私は思うのですが、カイン様とその取り巻きはと言うと見解が違うようです。

「シャルロットに睨まれて怖かったんだよな。俺がリリアのことは守ってやるから」

なんてお馬鹿さんな発言をしながら私のことを睨みつけてきましたわ。

はぁ……いつの間にこの国の子息達はお花畑のような頭になってしまったんでしょう。本当に恥ずかしいですわ。

おバカさん達の反応に、思わずため息をついている私に、カイン様は自信満々に私に言い放ちました。

「なんだその態度は！　お前はここにいるリリアに嫉妬し、嫌がらせをしていたそうじゃないか！そんなことをする奴は次期王妃に相応しくない！」

こんな馬鹿馬鹿しい話を聞いて、言い返すことが出来る人はどれほどいるのでしょう？

流石に私も言葉を失ってしまいましたわ。

だって、リリア様を虐める暇なんて私にあるわけがないんですもの。

ですがカイン様はそんな私に対して何をどう勘違いしたのか、ドヤ顔まで披露していますわ。

「ふんっ！　まさかバレているとは思わなかっただろう！　全てリリアから聞いているんだ！」

はぁ……本当にしょうもないですわね。

今日のような日に、しかもしっかりと調査もせずに私を糾弾しようとしているんですから。

このようなくだらない茶番に付き合っている暇はありませんわ。

そう思った私は仕方なくこちらから尋ねました。

「色々と申し上げたいことはございますが、まぁよろしいでしょう。それで？　私をどうしたいんですの？」

要するに、最低限のオブラートに包んだ『言いたいことがあるならさっさと言ってください』ですわね。するとカイン様は、その言葉を待っていました！　と言わんばかりに即座に返してきました。

「そんなの聞くまでもないだろう！　婚約破棄だ！」

そう言って、してやったり、というような顔で私を見てきましたわ。

婚約破棄、ですか。正直、リリア様に謝れば今回のことは許してやる、などと言ってくると思っていましたが、私の勘違いでしたわね。

カイン様の急な婚約破棄に会場中がざわついていますが、まぁ、私としては願ったり叶ったりですわ。だって、カイン様のことなんて微塵も好ましいと思えなくなってしまったんですもの。

そう思った私は、ドヤ顔をしながら私のことを見ているカイン様に「えぇ、承知いたしましたわ」と小さく返事をしました。

すると、カイン様は何を思ったのかニヤニヤとしながら言葉を続けてきます。

「泣いて縋《すが》ってくるのなら考え直してやってもいいぞ」

これはリリア様も想定外だったみたいで、驚いた顔をしていますね。

「はぁ!?」

聞いたことがないくらい太い声で叫んでいますが……恋は盲目などと言いますわよね。カイン様を含め、近くにいるはずの取り巻き達までもがリリア様のこの声には気付いていないみたいですわ。

リリア様を横目に、泣いて縋《すが》る、と思い込んでいるのだろうカイン様に、今度ははっきりと、確実に聞こえる声量で返します。

「何をおっしゃっていますの？　承知いたしました、と申し上げましたのよ？」

それだけ言ってその場を後にしようとすると、どうやらこの展開は、カイン様もリリア様も想定外だったようです。

「「……は？」」

それだけ言って固まってしまったのがわかりましたわ。

なぜ私が泣いて縋《すが》ってくることが前提になっているのでしょう？　仮に私がそうしたとしても、カイン様の性格上、許す気なんて全くないはず……

きっと私に恥をかかせたかったんでしょうね。

そう思いながら、驚いて言葉を失っているカイン様に、一応事務的なお願いをします。

「では、婚約破棄の手続きに関しては陛下達に説明をお願いしますわね。それから、今まで私にかかった王妃教育の時間……は返せないので仕方ありませんが、先日納《おさ》めた結納金はすべてお返ししてもらいます。えっと、後はー……」

捲《まく》し立てるように一気に話す私を唖然《あぜん》とした様子で眺めているカイン様。一方リリア様は立ち直るやいなや急に叫ばれました。

「そ、そんなことを言って婚約破棄をなかったことにしたいだけでしょう！」

はぁ……私の話の何を聞いたらそのような考えになるんでしょう？

正直、婚約破棄は喜んで承諾しますわよ。

先ほどまでのか弱さはどこへいってしまったのか、リリア様は目を充血させて私のことを睨みつけてきます。思わずため息をついてしまいそうになりましたがグッと堪えて、努めて冷静に答えましたわ。

「何を言っていますの？　婚約破棄の件は私も了承しましたわ。早く婚約をなかったことにした方が私もカイン様も都合がいいと思ってのことですが……」

ここまで言って、肩をすくめてしまいました。冷静に、とは言い難いですわね。この馬鹿げた茶番からさっさと解放されたい、という気持ちが滲《にじ》み出てしまいました。

「お、お前は俺と婚約破棄になっても良いのか？」

ありえない、と言いたそうにカイン様が聞いてきましたが、そんなの当然ではありませんか。

婚約者がいながら、他の令嬢に熱を上げているような人と結婚したい、なんて考えにはなりませんわ。その証拠に、カイン様とリリア様の後ろに立っている、リリア様の取り巻きの子息達も婚約破棄間近だ、と聞いていますもの。

「えぇ、別に構いませんわ。王妃教育にかかった時間は勿体《もったい》ないですけど。それに新しく婚約者を探さないといけませんし……」

私がそう言うと、カイン様は膝から崩れ落ちてしまいましたわ。

あらあら……これではどっちが婚約破棄されているのかわかりませんわね。

そう思いながらあたりを見渡すと、会場にいる他の人達が不安げな表情で私のことを見ているので、なんだか会場にいるのが苦痛になってきましたわ。

「とにかく、なるべく早めに婚約破棄の話は進めてくださいな。では、会場にいても居心地が悪いので私は失礼しますわ」

そう言って、まだ終わらぬ卒業パーティーの会場を後にしました。

さて、お父様に報告して……きっと今までに見たことがないくらい怒るでしょうね。それから新しく婚約者も探さなくてはいけませんし……色々と忙しくなりそうですわ。

そんなことを考えながら、私は家へと急ぎましたわ。

家に帰ると、着替えもままならない状態でお父様の部屋へ向かうことにしました。本音を言うと着替えて湯浴びをしてから、と言いたいところですが、このような話はなるべく早めに済ませておいた方が良いですもの。

はぁ……婚約破棄になるんでしたらもっと早めに伝えて欲しかったですわ。

なんて思いながら廊下を歩いていると、すれ違うメイド達の「え!? お嬢様!?」と驚いている声が聞こえてきます。

そうですわよね……本来なら今頃、ダンスを踊っているであろう時間ですし。

それに、まだ陛下の話も終わっていない状況だったので、流石に急ぎすぎたかも、とは馬車の中でも思いましたわ。

まぁ、あのようなことを言って引き返すわけにもいかないので、そのまま帰ってきてしまいましたけどね。

驚くメイド達を横目に、お父様の部屋に到着した私は、躊躇することなくコンコン、とノックします。

「どうぞ?」

という、お父様のなんだか不思議そうな声が聞こえてきましたわ。

この時間にお父様の部屋に誰かが来ることはありませんものね。

本来なら仕事を終えてゆっくりとしているはずの時間なのに、なんだか申し訳ないですわ。

そう思いながら「ただいま戻りましたわ」と私が部屋の中に入ると、お父様は驚いた顔をなさっています。

「シャルロット!?　随分と早かったな」

そう言って、すぐに心配そうな顔に変わります。何かあったと察したみたいですわね。

はぁ……お父様に心配をかけるなんて、つくづくあのバカ王太子はなんてことをしてくれたのでしょう。

そんな思いを胸に抱きつつ、今日のパーティーで起こったことを説明しましたわ。

私が男爵令嬢のリリア様を虐めているという報告がカイン様まで届き、それに怒った彼が婚約破棄してきた、と。

もちろん、お父様も私の普段のスケジュールを把握していますし、私が冤罪であることはわかってくれているので、私が話をしている間、カイン様の発言に唖然《あぜん》としていましたわ。

あ、ついでに「俺がリリアのことは守ってやるから」とか言うおバカさんな発言のこともしっかりと伝えておきましたわ。あんなの、婚約者がいながらも他の令嬢に現を抜かした、と自分から言っているようなものです。

全てを話し終えた私は、呆然としているお父様に頭を下げました。

「本当に申し訳ございません。もう少しで結婚だという時に……」

そうして不躾にならないタイミングで顔を上げると、お父様は怒りと困惑が混ざったような複雑な表情をしていました。怒り、は娘として愛されている自覚がございますから分かります、しかし、困惑……？　流石にここまでの馬鹿な真似をカイン様がやらかすとは思わなかった、とかでしょうか？

続くお父様からのお話は、そんな私の予想を遥かに上回っていました。

「い、いや……それがな。シャルロットが帰ってきたら話そうと思っていたことがあったんだ」

そう言って引き出しの中から一枚の手紙を差し出してきましたわ。

封筒には大きく王家の紋章が書かれてあるので、お父様に届いたものだと思った私は「なんですか？　これは」とだけ言って、お父様に内容を聞く形を取ろうとしたのですが、お父様はそんな私の意図に気付かなかったのか分かっていて敢えて気付かないふりをしたのか、大きく溜め息をついて私に促《うなが》してきます。

「いいから中を見てみなさい」

王家の、ということは陛下からの、ということですわよね？

お父様から渡された封筒をゆっくりと開けて、中にある紙を取り出すと、そこに書いてあったのは驚くべき内容でしたわ。

「急に今日の昼頃、こんな手紙が届いたものだから何かあったのか、と聞こうと思っていたんだよ」

封筒の中に入っていたのは王令が書かれている一枚の紙でした。

しかも内容は『レオン・リュードリア辺境伯とシャルロット・クリストファー公爵令嬢の婚姻を命じる』とのことでしたわ。

辺境伯……確か、お父様の二歳年下で表舞台には滅多に出てこない、とのことで色んな意味で噂になっている人ですわね。パーティーに参加しないのは醜い見た目だからではないか、とか、辺境のような田舎に住んでいるんだから服が用意できないんだ、など散々な噂が私の耳にもはいってきていますわ。まぁ……どれもカイン様が言っていたことですが、それを面白がって賛同している子息達もいたのでよく覚えていますわね。

ただ、なぜこのような王令がカイン様と婚約しているのに、今日の昼に届きますの？

そう思いながら、陛下のサインを書く欄を見ると、そこには陛下の字ではなくカイン様の字で、乱雑に陛下の名前が書かれていました。それに気付いた瞬間、あのバカ王太子が何をしでかしたのかに気付き、反射的に王令の書かれている紙を握りつぶしてしまいそうになりましたわ。

だって、王令とは陛下以外が出すことが出来ない、というのはおバカさんなカイン様でも知っているはずです。なのに、陛下からの王令であると偽って、しかもこのような馬鹿げた王令を出すなんて、これがどれだけ重い罪かも、絶対にバレる拙《つたな》い作戦だということも分かりませんの⁉

全く……仕方なくとはいえ何年カイン様の婚約者だったと思っているのでしょう。

カイン様の書く汚い字なんて、見飽きるほど見ていますのよ。

そう思いながら王令の紙をジッと見つめていると、お父様は心配そうな顔をしながら私に聞いてきましたわ。

「どうする？　陛下に言って、この王令は取り消してもらうか？」

一応このような馬鹿げた王令でも記録には残りますからね。これを無視してしまうと、我が家は王令を無視した、ということになってしまいます。

しかし、陛下に言えばこの王令は間違いなく取り下げられるでしょう。それはつまり、王家が我が家に丁寧に謝罪した上での婚約破棄の取り消しです。それならば。

「いえ……構いませんわ」

私はハッキリとお父様にそう言いました。

なんだか考えてみるほど、腹立たしくなってきましたわ。

私が王妃になる為に、あれほど必死に王妃教育を受けている間、カイン様はリリア様とイチャイチャして、それなのにいじめをしたから婚約破棄、だなんておかしい話じゃないですか。

考えれば考えるほど、カイン様の人をバカにしたような笑みが頭に浮かんできて、今から王宮に行ってぶん殴って差し上げたい、と思うほどにはらわたが煮えくり返りますわ。

そんな私をオロオロとしながら見ているお父様を後目《しりめ》に、王令の紙を机の上にバンっと置きます。

「あんな男とこれで縁が切れるんだったら最後にカイン様の嫌がらせくらい乗ってやりますわよ！後で散々な目に遭うのはあちらですもの！」

そう宣言をすると、お父様は再度大きくため息をついていましたわ。

きっとお父様は私の悪い癖が出た、と思っているんでしょう。ええ、自分が理不尽に対して堪え性がないことは理解しております。ですが私は、受けた屈辱を泣いて受け入れたり笑って許したり出来るご令嬢ではございませんの！

その後はお父様としばらくお話を致しました。王令には、明日には辺境伯の領地に向けて出発するように、と無茶が書いてありましたので、すぐに自分の部屋で荷造りをしてから眠りにつこうかと考えましたが、荷造り、と言っても本当に必要な物を鞄に押し込むだけなので、翌朝メイド達に手伝ってもらうことにしました。弟のアルトとお母様にはお父様がこれから話をしておいてくれるとのことで、明日の段取りを話し終えたらゆっくり休みなさい、とのことです。

明日、お母様達にゆっくりご挨拶する時間はあるかしら？　辺境伯の領地はどんな土地でしたっけ？　それから……辺境伯はどのような人なのでしょう？

そんなことを考えながら横になっていると、疲れがたまっていたのかすぐに眠りにつきましたわ。

そして次の日、出発前に色々と想定外のことが起こりましたが、無事に準備を終えた私はお父様とお母様、それからアルトに声を掛けました。

「では、行ってきますわ」

もう馬車に乗ってしまっているのでハグなどは出来ませんでしたが、旅立つのが名残惜しくなるので丁度いいですわ。

お父様には最後に、「陛下から、至急との仰せで明日招集がかかった。おそらくは婚約破棄についてのことだろう」と返されました。

正直、勝手に王令を出した、なんて今までに聞いたことがないようなことなので、発覚には時間がかかると思っていましたが、意外と早かったですわね。

ですが、すでに辺境に行っているんですから呼び出されても私は何も出来ませんわ。

ただ、お父様には相当迷惑をかけるので、それに関しては本当に申し訳ないですが。

そう思いながら、別れの挨拶もそこそこに辺境へと出発しました。


十八年間、お世話になったお屋敷に別れを告げて、辺境までは丸々三日かかりましたわ。てっきり一週間ほどかかると思っていましたが、思っていたよりも早く到着することが出来ましたわね。

それもこれも、お父様が尽力してくださったおかげですわ。全てサティから聞いた話ですが。

あ、サティというのは私が急遽公爵家から連れて行くことになったメイドの名前ですわ。

出発前に起こった想定外のこと、というのはまさにこのことですの。

てっきり私は辺境まで一人で行くものだと思っていたので、暇をつぶすための本でも持って行こうかと思っていましたが……荷造りの時に大きな鞄を抱えたサティが部屋に入ってきましたのよね。

あの時は本当に驚きましたわ。

もちろん、一緒に行くことには反対しましたのよ？

ですがサティがこう切り返してきたのです。

「私は公爵家に物凄くお世話になりましたが、お仕えしたいのはお嬢様なんです！」

そんな言葉を聞いてしまったら置いて行くことなんて出来ませんわよね。

それにいつの間にかお父様に許可を貰っていたみたいですし……。

話は戻りますが、サティから聞いた話というのは、お父様がなるべく足の速い馬の馬車を用意してくれたみたいなんです。それに内装も椅子も素晴らしくて、そのおかげで、移動中も体が痛くなることもありませんでしたし、それどころかしっかりとくつろいでいられましたわ。

そう思っていると、正面に座っているサティが急に声を上げました。

「あっ！　お嬢様！　あれじゃないですか⁉」

思った以上に大きな声だったので、少し驚いてしまいましたが、ずっと馬車の窓から景色を見ていたので、見えてきたお屋敷にテンションが上がっているのでしょうね。

そう思いながら、私も窓から外を見てみると、確かに貴族のお屋敷、という感じの立派な建物が見えましたわ。

田舎者の貧乏人、などとカイン様が言っていたので、お屋敷は小さめなのかと思っていましたが、想像の三倍くらいの大きさはありますわね。我が家と同じくらいの大きさで、いや……もしかしたら我が家よりも少し大きいかもしれません。

やはり、噂を信じすぎるのはいけない、ということがハッキリとわかりましたわ。

そう思いながら、目をキラキラと輝かせているサティに「あれが辺境伯様のお屋敷でしょうね」とだけ返事をして、辺境伯の領地を眺めることにしたんですが、こちらも噂で聞いていたのとは全然違いますわ。

あ、確かに王都のように煌《きら》びやかな感じではありませんわよ？　農作業をしていたり、牛や馬を飼っていたり……これを田舎者がやることだ、という考えの人がいるのなら、ここは田舎なのかもしれません。

ですが、買い物に困る、などと言われていますが必要なものはしっかりと揃えられそうですし、何より領民たちの表情がとてもいいですわ。皆楽しそうで笑顔が輝いて、少なくとも、王都で高い税金に苦しんでいる平民達よりも、良い暮らしをしていると思いますわ。見える範囲では貧困格差も少なさそうですし、領地内の経営がしっかりと出来ている、という証拠ですわね。

なんて思いながら、領民の様子に思わず頬を綻《ほころ》ばせていると、サティもホッとした表情をしていますわ。

「なんだか思った以上に賑わっているみたいで安心しましたよ」

メイドにも色んな噂が聞こえてきますものね。

サティも心配になっていたでしょう。

「ここでなら私も楽しく過ごせそうな気がしますわ」

微笑むと、サティは小さく頷いてニッコリと微笑み返してくれましたわ。

まぁ……私が気になっているのは領地のことだけではないですが。

不安に思いながらも、領地内に入って馬車に揺られること二十分くらいでしょうか？

ゆっくりと馬車がお屋敷の前で止まりましたわ。

サティが御者と話をしている間に、私も馬車から降りようと思ったのですが「お嬢様は待ってください！　エスコートも無しに降りるなんてありえません！」と言われてしまったので、仕方なく待機することになってしまいました。

別にエスコート無しでもいいんですけどね。だって、カイン様が婚約者だった時は一人でしたし、慣れていますから。ですがそんなことを言って無理に降りようものならサティがどんな反応をするかわからないので、黙っていましょう。

なんて思っているうちに、御者と話し終わったサティが、今度は門番と話を始めましたわ。

なんだか慌てたように門番がお屋敷の中に入っていったように思いましたが、何を話したんでしょう？　あ、もしかしたら、こんなに早く到着するとは思っていなかったのでしょうか？

そう思っていると、サティが馬車に戻ってきましたわね。

状況が全く理解できず、首を傾《かし》げてサティが馬車に乗り込むのを眺めていると、戻ってきた彼女が肩をすくめました。

「門番に話が伝わっていなかったみたいなんですよね」

門番に話が伝わっていない、ということは、メイド達も何も知らないんじゃないでしょうか？

「まぁ！　それは大丈夫なのかしら？　もしかしたら辺境伯にも伝わっていないとか」

「今、話を聞きに行くとのことだったので、もう少しだけ待っていましょう」

そう言ってサティはお屋敷の方を見つめましたわ。

うーん……本当に大丈夫なのでしょうか？

もしこれで、誰も王令のことは知らない、なんて言ったら家に戻るしかありませんわよね。急ぎ足で出てきたとはいえ、お別れをしたばかりなので複雑な心境になりますわ。

そう思いながら、サティと二人で外の様子を眺めていると、さっきお屋敷の中に入っていった門番と一緒に、髭を生やした細身の執事が慌てた様子で馬車に駆け寄ってきているのが目に入ってきました。

流石にこれは、私が話を聞いた方が良さそうだと思った私は、サティに手を借りて慎重に馬車から降りましたわ。

一応嫁入り、ということで、今日の私はいつも以上に重たくて煌びやかなドレスを着ているのですが、これがまた動きにくくて本当にうんざりしていますの。

本当は辺境伯の目の色とか、髪の色に合わせてドレスを用意したかったのですが、時間もなかったですしわからない、ということで、定番の白いドレスに、私の髪の毛と同じ銀色の糸でバラの刺繍が入っているドレスを着ていますが……お父様が物凄く奮発した、という記憶はありますが、重過ぎて嫁入りのドレスにしよう、としまい込んでいましたのよね。

カイン様と結婚していたら着ることがなかったドレスなので嬉しいですが、もう二度と着たくないですわ。

サティに支えられるように馬車を降りた私は、走ってきた執事達の前に立ちます。執事は乱れた息を必死に整えながらなんとか笑顔を向けてきましたわ。

「も、申し訳……ありません……っ！　お待たせいたしました」

笑顔が少々ひきつっていますね。疲れなのか、それとも王令の話を聞いていないのか……

「そんなに待っておりませんわ。とりあえず、息を整えてくださいな」

そう言うと、執事は、すみません、と言いながら再び必死に息を整え始めましたわ。

私もそれほど短気なわけではないのでゆっくりでいいのですが。

待つこと十数秒で「大変申し訳ございません。見苦しいものをお見せいたしました」と言って深々と頭を下げてきたので、反射的に気にしないように告げると、執事はホッとした顔をして頭を上げました。

「それよりも、王令の件は辺境伯様にも伝わっているのでしょうか？」

「は、はい！　確かに三日前に手紙が届いておりました。ただ、従者たちには自分で伝える、とおっしゃっていたので、もう伝わっているとばかり……」

執事はポケットからハンカチを取り出して汗を拭きながら顔色を悪くしていますわ。

なるほど……とりあえず辺境伯に話は伝わっているなら安心ですわね。

王令なので、本当にやむを得ない理由じゃなければ断ることも出来ませんし、きっと辺境伯様も一週間後くらいに到着するんだろう、と考えていたんでしょう。

だとしたら、本当に申し訳ないですわ。

「そうでしたのね。なら急に来て驚きましたわよね。申し訳ないですわ」

思っているだけでは伝わりませんので口に出して謝罪をすると、執事は再び申し訳なさそうな顔になりました。

「当主はただいま留守にしておりまして……呼んで参りますので、申し訳ありませんが、先に応接室に案内させていただいてもよろしいでしょうか？」

まあ、一週間後に着くと思っていれば、留守にすることだってあるでしょう。お願いをすると深々とお辞儀をしてからお屋敷の中に入れてくれました。

執事に案内され、応接室に到着しましたが外観とは打って変わって随分とシンプルな内装ですわ。ソファーやテーブル、椅子は置かれていますが、それ以外の装飾品など、余計なものは一切置いておりません。ここまで飾り気のない応接室も珍しいですわ。

ですが、生活に困っているという印象は全くありません。すれ違うメイド達も、私を見て驚いてはいましたが、基本的には楽しそうに仕事をしていましたし、体型も標準で、着ているメイド服も綺麗にされていましたもの。

まぁ……詳しいことはもう少し生活してみないとわからないですが。

そう思いながら、持っていた本のページをめくっていると、サティは、らしくもない貧乏ゆすりをしながら、扉の方を睨みつけましたわ。

「はぁ……遅いですね。流石に待たせすぎじゃないですか？」

確かに、すぐに呼び戻せる範囲の外出、と想定すると遅すぎますわね。

応接室に案内されてから、軽く一時間は経過していると思いますもの。

そうはいっても執事が申し訳なさそうに「なるべく早めに呼んできますので！」と言いながら本を持ってきてくれたので、私の目の前には、十冊ほどの様々なジャンルの本が置かれており、おかげで、久しぶりにゆっくりとした時間を過ごせているので、私としては大満足なのですが……正直、今読んでいるところが面白くなってきたのでまだ来ないで欲しい、とすら思ってしまいますわ。

とても興味深い創作本なのです。急に現れた元平民の男爵令嬢が、王太子の婚約者から嫌がらせを受けて、でもそんな嫌がらせに負けることなく立ち向かう、というお話ですわ。まだ途中なので結末はわかりませんが、他にも子息達が五人ほど男爵令嬢に言い寄っているという、本来現実ではありえないはずですが、なんだか聞き覚えのある内容ですわよね。王太子の婚約者に虐められる男爵令嬢……創作として読む分には興味深いですが現実で起こってしまうと話は変わってきますわ。

そう思いながら読んでいた本をテーブルの上に置いて、少し背伸びをしました。

ずっと同じ姿勢でいるのも疲れますわね。何もせずに立っている方が楽かもしれません。

なんて思いながら横にいるサティを見ると、いまだに扉を睨みつけながらウロウロと部屋の中を歩いていますわ。

そんなことをしていても、早く来るわけでもないので、思わずサティの行動に苦笑していると、コンコン、とノックの音が聞こえてきましたわ。

「やーっと来ましたね！　お嬢様のことを何だと思っているんでしょう！」

サティが大声で叫ぶように言いながら扉に向かっていきましたわ。

あんなに大きな声を出して、聞こえていたらどうするつもりでしょう？

そう思いながら、とりあえず読んでいた本を端の方に寄せ、椅子に深く座り直して部屋に入ってくるのを待ちましたわ。

すると、サティの叫び声が部屋の中に響き渡りました。

「なんですかぁぁぁ！　その服はぁぁぁぁ!!」

思わずビクッと跳ね上がってしまいましたが、サティも初対面で大声を上げるなんて何事ですか!?

そう思って扉の方を見ると、サティの背中でしっかりとは見えませんが、泥だらけのズボンの裾が見えました。顔は……ここからでは見えませんわね。

少しガッカリとしていると、サティの声が聞こえたのか数人の足音が聞こえてきました。

「レオン様！　着替えていくようにとあれほど言ったじゃないですか！」

「正直、お風呂に入って欲しいくらいには汚いんですよ!?」

きっと作業をしていたメイド達の声でしょう。

その声の間に「いや……」「だから……」という男性の声が聞こえてきたので、そっちが辺境伯様の声でしょう。なんだか思った以上に声が若いような気がしますが、声だけなので実際はどうなのかわかりませんわよね。

しばらくするとメイド達の声と推定辺境伯様の声が遠ざかっていったので、いまだに鼻息を荒くしているサティに「一体何がありましたの？」と恐る恐る尋ねます。

「本当にあり得ませんよ！　全身泥だらけで汗まみれ！　一時間も待たせておきながら、身なりも整えないいなんて！」

そう言って私の方に近付いてきましたわ。

それは確かに怒るのも仕方がない気もしますが、なんとか顔を真っ赤にしているサティを宥《なだ》めました。

私としては、本も読めて楽しい時間だったので全く不満はありませんし、汚れた服のまま来た、ということはそれだけ急いできてくれた、ということだと思っているので、怒っていませんわ。

それに、さっきのメイド達との会話を聞いているだけで仲の良さが伝わってきて、正直安心しました……といってもサティの怒りは収まらないでしょうね。

そんなことを考えながらサティの相手をしていると、さっき聞いた声が聞こえてきましたわ。

「すまない！　待たせてしまって！」

辺境伯様が来たと思った私は、スッと椅子から立ち上がります。

「本日は急に来てしまって申し訳ありません。シャルロット・クリストファーと申しま……」

そこまで言ったところで、言葉を失ってしまいましたわ。

部屋の中に入ってきたのは、辺境伯様で間違いないのでしょう。ですが、私が想像していた見た目とは全く違う男性が入って来ましたの。

サラサラのブロンドの髪の毛、肌は少し焼けていますが筋肉のついた体にはよく似合っていて、赤色の瞳は吸い込まれるのでは、と思うほど綺麗に輝いています。

お母様と同い年だと記憶していたので四十歳のはずですが、見た目だけ見ると二十代半ばですわ。

一言で言い表すと、カッコいいです。

見た目だけではなく、纏っている雰囲気も、立ち姿も素敵で、なんでこんなにも素敵な人が今まで独身だったのでしょう？

あまりにも想像とかけ離れている辺境伯様を見て、挨拶もそこそこに固まってしまった私に、彼は困ったような顔をなさいました。

「やっぱり王令とはいえ、こんな年寄りと結婚なんてしたくないよな」

「い、いえ！　そのようなわけではないんですが……」

どうにかそれだけ言ったものの、その後になんて言えば良いのか、とまた言葉を詰まらせてしまいました。辺境伯様は当然、不思議そうな顔に変わりました。ええいままよ、素直にお伝えしましょう！

「噂で聞いていたのとはかけ離れすぎて、驚いてしまいました……」

その答えに、辺境伯様はなんだか納得したように頷きながら顎に手を当てましたわ。

「噂？　あー、そういえば、噂といえば王令の紙と一緒に変な内容が書いている手紙があったな」

王令と一緒に、ということはカイン様が書いたものなんでしょうけど、変なことを書いていた？

あの王太子は本当に一体何がしたいのか、と思いながら恐る恐る辺境伯様に何が書いてあったのか尋ねました。

「公爵令嬢は意地が悪くて、権力で人を脅すような悪女だ……とか、なんとか」

そう言って、辺境伯様は顔をしかめてしまいましたわ。

「なんですか⁉　それは！」

つい大きな声で否定しましたが、本当にあり得ませんわ。

そんなの、毎回カイン様がやっていることで、私は一回でも権力で人を操る、なんて非道なことをしたことがありませんし、王令に書かれていたということはカイン様の仕業でしょうね。

ここまでのことをするとは思っていなかった私は思わず礼儀を忘れて怒りを露《あら》わにしましたが、辺境伯様は微笑ましいものを見る目で苦笑しています。

「まぁ、俺としては、自分で見たものしか信じないけどな。実際に今だって一時間も待たされたら挨拶どころか怒鳴ってくるだろう、と思って入ってきたが違ったし」

そう言われて初めて、もしも辺境伯様が手紙に書かれていた内容を信じていたら……と恐ろしく感じました。今回手違いで起こったことを、悪意を持って意図的にされていたっておかしくないでしょう。

少ししか話をしていませんが、辺境伯様がいい人そうだ、ということは伝わってきましたわ。

どうやらサティはまだ警戒しているみたいですが、私としては物凄く好印象です。

カイン様にお礼を言いたいほどに、ね。

なんて思っていると、辺境伯様は頭をポリポリと掻きながら、もう片方の大きな手を私に向けてきました。そしてそのまま、私の頭をわしゃわしゃと撫でてきましたわ。

「まぁ、なんだ……自分よりも一回りも二回りも歳の離れた美人の嫁を貰えるなんて俺としては王令に感謝、だな」

今まで生きてきた中で両親以外の誰かに頭を撫でられるのは経験したことがないので、どんな表情をしたらいいのか悩みますわ。

そ、それに、私のことをび……美人だと……！

初めてのことばかりで戸惑っていると、サティはそれに気付いたようで私と辺境伯様の間に入りましたわ。

「そこまでです！　お嬢様はそのような行動に耐性がないんですから、これ以上は許しません！」

「え!?　そうだったのか!?　な、なんかすまないな」

辺境伯様はそう言うと頭に乗せていた手をパッと離して下さいました。実はそんなに嫌ではない……ような気がしますが、慣れていないのは確かなので何とか頷くのがやっとでしたわ。

その後は、なんだかお見合いのような話を沢山しました。

なぜそんな流れに？　と思うかもしれませんが、辺境伯様が急に「よしっ！　まずはそれぞれ相手のことを知ることが大事だな」と言ったことから始まりましたの。

辺境伯様の普段の過ごし方、私の今までの過ごし方、趣味は何かあるのか、好きなものはなど、久しぶりにこんなに沢山話をしたような気がしますわ。

あ、あと、辺境伯様がなぜ泥だらけで来たのかもわかりました。

ここの領地は農業に力を入れているらしく、どうやら領民たちと一緒に畑仕事をしていたみたいで、もちろん領主としての仕事もしないといけないけど、それよりも皆が汗水流して頑張っているのに自分だけが涼しいところで何もしないのはなんか嫌だ、と言っていましたわ。

どうりで領民たちの表情が生き生きとしているわけですわ。

搾取しかしない領主よりも、皆で一緒になって働く領主の方が良いに決まっていますものね。

それから、王太子の婚約者だった私がなぜ辺境に？　と辺境伯様に聞かれたので、あった出来事を全てお話ししましたわ。

すると私の話を聞いた辺境伯様は大きくため息をついてしまいましたわ。

「なんだそりゃ!?　そんなのが次の陛下だなんて絶対に認めたくないね！」

まぁ、それに関しては私も同意見ですわね。

だってカイン様は、陛下から振り分けられた仕事もせずに遊び歩くような人ですし、最近では自分のお小遣いの全額をリリア様に貢《みつ》いでいるらしいですから。王妃様が気付いたら何と言うのか……なんて思いながら辺境伯様の言葉に苦笑しながら頷きましたわ。

一通り話を終え、今度はこれからの話を……ということになったところで、扉をノックする音に遮《さえぎ》られてしまいました。

辺境伯様が中に入るよう促《うなが》すと応接室に案内してくれた執事が中に入ってきましたわ。

それと同時に窓の外を確認すると、いつの間にか外は暗くなっていて驚いてしまいましたわ。

楽しい時間は過ぎるのが早い、とは言いますが、本当に早かったですわね。

「レオン様、シャルロット様、そろそろ夕食のお時間ですがどういたしましょう？」

……あら？　今、私のことを名前で呼んでくれましたわよね？

なんだかこの家に迎え入れられたような気がして嬉しいですわ。

辺境伯様は私と同様に驚いた顔をしています。

「もうそんなに時間が経っていたのか？」

「はい、随分と話が盛り上がっていたようでございますね。私が一度覗きに来たのも気付いていらっしゃらなかったのでは？」

そう言って苦笑していますが、覗きに来ていましたのね。私も気付きませんでしたわ。

「シャルロット様、本日はシャルロット様の好きな物を、出来る範囲ではございますが揃えさせていただきました。少しでもお気に召していただければ幸いでございます」

突然執事に話を振られたので、少し驚いてしまいましたわ。しかも、私の好きな物、ですか。

いつの間に調べたのか、と思って首を傾げていると、執事だけではなくサティまで苦笑しながら「お嬢様も話に夢中になっていたので、私が離れたことに気付いていなかったんですよ」と教えてくれましたわ。

確かに辺境伯様とのお話は、新鮮で面白いことばかりでしたし、私が今まで聞いたことのない話もあったので集中していたのは認めますわ。ですが、サティが離れたことに気付かないほど夢中になっていたとは……今までこんなことは一度もなかったので、驚きですわね。

「さぁ、お二人とも食堂に移動してください」

そう言うと、執事はスッと応接室を後にしました。動きが洗練されていますわね。とはいえ、途中、扉と廊下にある段差に引っかかっていたような気がしますが……まぁ、見なかったことにしましょうか。

執事に言われた通り、私と辺境伯様は食堂へと移動をすると、辺境伯様は私が椅子に座ろうとした時に当たり前のように椅子を引いて、先に私のことを座らせてくれる、という……

だって、普通はメイドか執事のどちらかが椅子を引いてくれるものですし、カイン様の場合は椅子を引くどころか、先に座って待っているくせに、私に対して俺を待たせるな！　と怒鳴りつけてくるのが毎回でしたが、辺境伯様は……なんでしょう？

これが大人の余裕、というものでしょうか？

他の子息達とは比べ物にならないくらい動きが洗練されていますし、言葉に似合わず行動は物凄く紳士的で、今まで結婚していなかったのが不思議で仕方がないくらい素敵な方だと思いますわ。

そう思いながら、椅子に座った辺境伯様を見つめると、不思議そうな顔を向けてきたのでパッと視線を外してしまいましたわ。

反射的に目を逸《そ》らしてしまいましたが、気分を悪くしてないですわよね……？

流石に見つめ合うのはおかしい、と思ってのことだったんですが。

なんて思っていると、数人のメイド達が料理を載せたトレイを持ち、ワゴンを押して中に入ってきましたが……食事の量が凄くて驚きましたわ。

我が家では、毎食多くても五品ほどの料理が机に並んでいましたが、今私の目の前には十品ほどの料理が並んでいます。

しかも、料理の一つ一つが、とても綺麗に盛り付けられていて、家の食事、というより高級料理店に来たかのような料理ばかりが目の前に並んでいるんですもの。

それを見た私は思わず、ほう……と本当に無意識に感嘆のため息をついてしまいましたわ。

辺境伯様も最後に食堂に入ってきた料理長らしき男性に「随分と気合が入っているな」と声をかけています。やっぱり、これがいつものこと、ではないですわよね？

「当然じゃないですか。今日は初日ですし、辺境の食事は不味《まず》い、なんて噂をされているんですよ？　ちゃんと美味しいんだ、ということをわかってもらわないと」

料理長は豪快に笑いながらそう言いましたわ。

確かに私も聞いたことがありますが、この料理を見る限り不味《まず》いなんてことは絶対にあり得ません。辺境伯様は「まぁまぁ。今は食事を楽しもうじゃないか」と言うと、ニッコリと微笑みましたわ。

辺境伯様の言葉で、食事を開始することになったんですが、料理よりも驚いたことがありますの。それは、この家では、使用人たちも揃って食事をする、ということですわ。

その証拠に、私達が食事をしているところから少しだけ離れたところで、皆も座って料理を食べていますし。流石に同じメニューで、とはいかないみたいですが、辺境伯様のことを気にすることなく黙々と食事をしていますわ。

サティもこれには戸惑っているようで、メイドの中に紛《まぎ》れ込んではいますが、キョロキョロと周りの様子を見ては、本当に食べても良いのか、と窺《うかが》っているみたいですわね。

ここでは当たり前のようですが、サティからしてみると初めてのことなので、どうすればいいのか、と戸惑っているんでしょう。

なんだか急に知らないところに放り込んだ、みたいな状況になって申し訳ないですわ。

そう思いながら、チラチラとサティの様子を窺っていると、急に辺境伯様の目が鋭くなったのを感じましたわ。

「さて、だいぶ落ち着いたし、これからの話をしようか」

それと同時に、ザっと音を立てて今まで座っていたメイド達が一気に立ち上がりました。

急に立ち上がった使用人たちに、当然私とサティは、何事か、と驚いていると、辺境伯様に驚きが伝わったのでしょう。「大事な話だろう、という時は皆席を外してくれるんだ」と軽く説明してくれましたわ。

でも、まだ食事が途中の人も多かったですし、一緒に食べると決まっているのなら最後まで一緒に、というのが当たり前だと思っていた私は、まだ途中なのに申し訳ない、という気持ちになった一方で、一応ここで主人と使用人の区別をハッキリとさせているんだ、という行動の意味に感心してしまいましたわ。

あ、サティも一応聞いておいた方が良い、とのことで一緒に食堂に残っていますわよ。ただ、椅子からは立ち上がって私の後ろに待機していますけどね。

これからのこと、というのは、当然今後の話だったんですが、まず専属のメイドはサティのみ、ということにしてくれるみたいですわ。

もちろん慣れてきたらもう一人つけてくれる、と言ってくれましたが私としてもサティだけで十分だと思いますし、それに関しては何も不満はありません。

「じゃあ、次はこの領地の経営についてなんだけど」

辺境伯様はさも当然のように領地経営の話を始めてしまいましたわ。

そういうことは、もっと時間が経ってからとか、信頼関係が出来上がってからの方が良いと思うんですが……私の考えすぎでしょうか？

急に領地経営の話を始めたことに対して、私が戸惑って言葉を失っていると、それにいち早く気付いたサティが助け船を出してくれましたわ。

「辺境伯様、そのような話をお嬢様にしても良いものなんでしょうか？」

すると辺境伯様はサティの言葉にキョトンとした顔をしています。

「王妃教育を受けた令嬢にうちの領地を任せられるなんて、俺としたら物凄くありがたい事じゃないか？」

ま、まぁ、確かに王妃教育の一環で経営のことは学びました。内政も外政も出来るように、と。ですが、国の経営と領地の経営となると色々と話が違うような気がしますし……何より一つ聞き逃したらいけないことを聞いたような気がしますわ。

そう思い、私の言葉を待っている辺境伯様に思い切って尋ねることに致しました。

「私に領地を任せる、とはどういうことですの？」

だって、領地を任せる、ということは、辺境伯様は何もしないみたいに聞こえるではありませんか。

確かに出来ないことはないですが、流石に全て任せるのは荷が重いような気がしますし、辺境伯様は何をするのか、と思っていると急に辺境伯様はハッとした顔をしました。

「あー……そういえば言うのを忘れていたんだが……」

その反応に、思わず身構えながら言葉を待つと、辺境伯様は考えながら話すときの癖なのか頭をポリポリと掻きながら私に説明を始めました。

「ここは辺境、ってことで当然敵から国を守るような仕事をするわけだよな？」

他国からの侵入を防ぐ、というのが辺境の仕事で、辺境には国でも上位の腕をもつ強者が集められている、とは私も当然記憶しております。

「そうですわね……。ここが突破されたら侵入を許してしまうことになりますもの」

そう辺境伯様に返すと、なぜか大きく頷きながら私の話を聞いていますわ。

でも、これは一般的なことですわよね？

なんでその話を……と思ったところで、ある一つの考えが浮かんできましたわ。

「まさか……」

私が呟くと、辺境伯様は大きく頷きながらこう言いました。

「まぁ、想像通り、俺は結構な頻度で外に出ているから屋敷に戻ってこないんだ」

「そ、それって、辺境伯様がいない状況でこのお屋敷と領地を管理しないといけない、ということですわよね？」

確認のためにさも当然なことを質問してしまうと、辺境伯様は何を思ったのか、今日見た笑顔の中で一番いい笑顔を向けてくださいました。

「あ、もちろん俺がいないからって嫌がらせをするようなメイドはすぐに解雇するから安心しろ」

これには思わず、そういうことではない、と言いそうになりましたがグッと堪えます。ニコニコ

している辺境伯様は、きっとご厚意で言ってくださっているのですから。、

「あ、ありがとうございます？」

「王妃教育も受けていたみたいだし、領地のことについては安心して任せられるよな。本当にありがたいよ」

辺境伯様は畳みかけるように私に良い笑顔のままそう言ってきましたわ。

そ、そんなことを言われたらプレッシャーと言いますか……

「次の遠征に行くのはいつなんですの？」

だって、それまでにこの領地に関して、しっかりと勉強しておきたいですもの。

街の方にも出てみたいですし、従者たちとも一度しっかりとお話がしたいですわ。

辺境伯様の答えを待っていると、辺境伯様は少し「うーん……」と考えた後に爆弾発言をなさいました。

「あー……確か、明日……だったかな？」

「明日!?」

思わず勢いよく聞き返してしまいましたわよ。

だって、明日のことなのに、そんなに余裕そうにゆっくりしていていいのでしょうか？

普通、持って行くものの荷造りとか、色々と準備しないといけないのでは!?

あまりにも急な話に驚きを隠せずにいる私に、辺境伯様はニッコリと微笑みながら続けました。

「急に決まることが多いから、来てくれたタイミングがよくて本当に助かった」

た、確かに……明日出発、ということは、四日後に到着していたら辺境伯様はお屋敷にいない状況でしたのよね。もしそうなっていたら……物凄く大変なことになっていたでしょうね。メイド達も何がどうなっているんだ、とバタバタでしたよ。

辺境伯様のあまりの適当さに、思わずため息をつきそうになります。

「え、あの……明日、と言われても私、ここの領地について何も知りませんわよ？」

「その件は大丈夫だ。今週分の仕事はしっかりと終わらせているから、一週間のうちに領地の視索とかしてみるといい」

辺境伯様はそう言うと懐から紙を出して、サラサラと何かを書き始めましたわ。

そして、何かを書いたばかりの紙を私に渡すと、それを私が見る前に言葉を続けます。

「それじゃあ、これからのこと、とかいうのは終わりだな。あぁ、忘れていたが俺のことはレオン……いや、レオって呼ばれてみたい気もするが……好きな方で呼んでくれ」

そう言って、真面目な雰囲気から一変して優しく微笑みましたわ。

レオン様かレオ様、ですか。

確かメイド達はレオン様、って呼んでいましたよね？

呼ばれてみたい、ってことは、誰もそう呼んでいない、ってことでしょうか。婚約者同士、ひいては夫婦だけの呼び名ということ？

「えっと……では、レオ様……？」

呼び掛けて、赤くなる顔を隠すように視線だけを辺境伯さ……いや、レオ様に向けると、なぜかレオ様も頬を赤くしています。

「お、おう」

なんて戸惑ったような返事をしてくれましたわ。いえ、呼んでくれとおっしゃったのはレオ様なのですけれど……？

顔を赤くさせたレオ様を不思議に思いながら首を傾《かし》げていると、食堂の扉がゆっくりと開きましたわ。反射的にパッと扉の方を見ると、そこには一人のメイドが立っていて「失礼します」と深く綺麗なお辞儀をしましたわ。

辺境のメイドの割に、というのは差別かもしれませんが、想像以上にしっかりと教育されている、と感心してしまいます。

「お部屋の用意が出来ました。ご案内してもよろしいでしょうか？」

私は別に構いませんが、レオ様の話は終わったのかと思ってレオ様を見ると、メイドに軽く指示を出して私のことをお願いしていましたわ。

そして、その後にすぐ私の方を見てニッと笑いました。

「馬車での旅は疲れただろう。ゆっくりと休むんだぞ」

この笑い方って貴族の男性としてはあり得ない笑い方なんですのよね。

歯を見せて笑う、というのは令嬢だけではなく子息の間でもあり得ないですし、みっともないと思うような笑い方です。

それなのに、レオ様がやると似合ってしまう、というのが不思議ですわよね。

なんて思いながら、レオ様に「えぇ、ありがとうございます」とお礼を言って、食堂を後にしましたわ。

メイドに案内された部屋は本当にさっき用意したのかと思うほど綺麗で、過ごしやすそうなところでしたわ。色合いも、元々女性が住んでいたのかと疑いたくなるほど女性向けです。

好みはわかれますが、ワインレッドと白が基調となっていて、派手すぎない調度品。

私はとても好みの部屋ですわ。

案内を終えたメイドは「とりあえずクローゼットの中にドレスやアクセサリーは片付けちゃってください。メイドの部屋は少ししたら案内しに来ます」と嵐のように立ち去って行きましたが、まぁ、悪い人ではなさそうなので一安心ですわね。

そんなわけで、今はせっせと片づけをしているサティを眺めていますわ。

あ、そういえば、レオ様に籍を入れるのはいつなのか、と聞くのを忘れていましたわ。

名前よりもそっちの方が大事だったような気がしますわね。

……まぁ、遠征以外は一緒にいることになるので、帰って来てから聞いてもいいですわよね？

なんて思っているうちに、急に眠気に襲われましたわ。

流石に馬車での移動で疲労が溜まっていたみたいですわね。

ですが、まだ寝る準備が出来ていないので……寝るわけには……


目を覚ますと次の日の朝でした。椅子に腰かけて眠りに落ちたはずなのに、しっかりとベッドで寝ていたことに驚いて部屋の中をキョロキョロと見渡しましたわ。

昨日、部屋に入った時はまだ荷物が入った鞄が沢山あったのに、今は全て無くなっていますわ。

ベッドから立ち上がると、あれほど重たいドレスを着ていたのに、しっかりとネグリジェに着替え終わっていますわ。サティが全て整えてくれたんでしょうね。私以上に疲れていたはずなのに……ここまでしてもらって申し訳ないですわ。

そう思いながらとりあえず、サティが来るまでの間何をしていようか、と思っているとなにやら隣の部屋から話し声が聞こえてきましたわ。五人……いや、それ以上にいますわね。

しかも男性の声しか聞こえてこないですが、これは私が聞いてしまってもいいんでしょうか？

そう思いながらも、やっぱり会話の内容が少し気になったので、家具の置いていない壁の近くに行って、そっと耳を澄ませます。

「はぁ……こんなに朝早くから出発するのは変えて欲しいよなぁ」

出発ということは、レオ様と一緒に遠征に行く人なんでしょうか？

確かに、まだ時間の確認はしていませんが、日が昇っていないので早朝だ、ということはわかりますわ。まさかこんなに早い時間に出発するとは……

「そうは言っても、辺境伯様が早めに終わらせたい、って急遽変えたんだ。何かしらの理由があるんじゃないのか？」

「理由って……なんだ？　畑の収穫とか、そういうのか？」

「さぁ？　でも、昨日の夜、皆の家にわざわざ出向いてくれたんだから遅刻するわけにもいかないよな」

「ははっ、確かにその通りだな」

早めに終わらせたい、ですか。

しかも昨日の夜に急遽変えたということは、私と話を終えた後に、今日の遠征に行く人の家にわざわざ行った、ということですの？

結構遅い時間だったと思いますが、なぜそんなことを……

「皆、準備は出来たか？」

この声は聞き覚えのある声……レオ様ですわ！

準備は出来たか、ということはもう出発しますの？　ど、どうしましょう!?

このような格好では流石に外に出られませんわよ!?

で、でも、レオ様に挨拶くらいはしたいですし……ですがまだサティが部屋に来る気配はありませんし……

壁に近付いたまま、慌てている今の私の状況は誰がどう見ても怪しい人ですわ。

どうしようか、と悩んでいるとまた別の男性の声が聞こえます。

「辺境伯様ー、なんで急に時間を変えたんですか？」

遠征に一緒に行く人の中の一人がレオ様に質問したのでしょう。興味津々で改めて集中して耳を澄ませます。

「俺にも用事ってもんがあるんだよ。出来ることならこの遠征自体を半年後にしたいくらいに今は家から出たくないんだけどな。流石にあの時間から決まっている遠征は変えられなかった」

レオ様の声が聞こえてきて、一気に顔を赤くしてしまいましたわ。

だって、その言い方は……しかも今は、って……

私が来たから家から出たくない、って言っているみたいではありませんか？

そ、そう考えてしまうのは自意識過剰でしょうか？

聞いてはいけないような話を聞いた気分になって、なんだか一気に申し訳なさが襲ってきましたわ。だって、レオ様だって私が聞いていないと思って話をしているわけですから……なんだか本当に申し訳なくなってきましたわ。

「さて、じゃあ出発するぞ」

「「おぉぉぉ!!」」

もだもだと考えあぐねておりましたが、この大きな声で一気に我に返りましたわ。

そ、そうですわ。このままだったらレオ様と話をする間もなく何日……いや、何週間と会えなくなるのですから話をしなければ。

そう思った私は、こんな服装で、と悩んでいたのに気にすることもなく、扉へと駆け寄りました。

ちょうど隣の部屋から遠征に行く人達が出て来たみたいで、一気に廊下がざわざわと賑やかになっていますわね。

きっとレオ様は先頭で玄関の方に向かうはずなので出るなら今しかないですわ。

そう思った私は、勢いよく自分の部屋の扉を開けました。

「うわぁぁっ！」

「え？」

扉を開けた途端の大声に、思わず間抜けな声を出してしまいましたわ。

だって、まさか扉を開けたところにピッタリ人がいるなんて思っていなかったんですもの。

い、いや、それよりも、今の声って……そう思って扉からひょっこりと顔を出してぶつかった人を確認すると、鼻を押さえて上を向いているレオ様が目に入ってきましたわ。

まさか、鼻に当たってしまいましたの⁉

「れ、レオ様、申し訳ございません……っ！」

レオ様に駆け寄ると、レオ様は一瞬驚いた顔をして鼻を擦りながら首を横に振りました。

「い、いや……起きていたのか」

結構前から起きて、会話をほとんど聞いていました、なんてことは言えないので咄嗟に誤魔化します。

「あ、えっと、ついさっき起きて、なんだか廊下が賑やかだったので……」

そう言いながら、レオ様の鼻の様子を見ようと見つめますが、ずっと鼻を押さえているので、どれほど強く当たったのかはわかりませんわ。

鼻血とかが出ていたらせっかく出発しようとしたのに私のせいで遅くなってしまいますわ。

なんて思っていると、今までの様子を後ろから見ていた兵士たちが一斉にレオ様に詰め寄り始めました。

「辺境伯様！　その可愛らしい令嬢は誰なんですか！」

「も、もしかして親戚とか？」

「すっごい美人さんじゃないですか！」

「いや、でも辺境伯様には似てないから親戚は違うんじゃないか？」

中には私のことをチラチラと見ている人たちもいますわね。

相変わらずレオ様が人気だ、ということはわかりましたが……ピリッとしていた空気が一気に和らいでしまいましたわ。私のせいなんですが……

詰め寄られているレオ様の隣で、私も戸惑ってしまいます。

「あのなぁ……先に俺の心配をするとか、そういうのはないのか？」

レオ様の言葉でハッと鼻のことを思い出しましたわ。

兵士たちの勢いですっかり忘れるところでしたが、本当に大丈夫ですの？

「れ、レオ様、本当にごめんなさい。大丈夫ですの？」

抑えている手を除《の》けて確認しましたが、幸い鼻血が出ることはないみたいです。鼻が少し赤くなるだけで済んでとりあえず安心しましたわ。

興味津々で私のことを見ている兵士の人達の視線は気になりますが、とりあえず出発する前にレオ様の顔が見えたので良かった、と思っておきましょう。

「今から出発ですの？」

「あぁ、行ってくる。なるべく早めに帰りたいが、終わった後に皆で小さなパーティーを開くから頭に入れておいてくれ」

レオ様はそう言うと、私の頭の上にポンっと手を置きましたわ。

やっぱり、まだこういうのは慣れませんわね。顔が赤くなっていないか心配ですわ……。

「えぇ、わかりましたわ」

なんとか私がそう答えると、私達の会話に何か思うことがあったんでしょう。

興味津々で私たちのことを見ている兵士の中の一人が、恐る恐る、という様子ですが、レオ様に尋ねましたわ。

「レオン様……もしかして、その人……いや、そのお方は……」

すると次の瞬間、急にグイっとレオ様の方に引き寄せられたかと思ったら、至近距離でレオ様の低い声が降ってきます。

「辺境伯夫人だ。といっても、まだ籍を入れていないからもう少ししたら、だけどな」

そう言って私の腰をしっかりと抱きましたわ。

こ……これは、この状況が恥ずかしくならない人なんていませんわよね。

一気に顔が熱くなりましたわ。

今の私の顔は真っ赤になっているんでしょうけど、レオ様は特に照れた様子もなく飄々としています。

やっぱり女性に慣れている、ということなんでしょうか？

そう思っていると、レオ様の言葉に驚いて無言になっていた兵士達が一斉にレオ様に再び詰め寄ってしまいましたわ。

「おめでとうございます！」

「つ、ついに辺境伯様に奥様が……っ」

「しかもすっごい若いじゃないですか！」

「俺、美男美女で揃っているのを初めて見たんだが……」

こ、これは……紹介するタイミングを間違えましたわよね。

いや、そもそも私が部屋から出なかったら出発にこんなにも時間がかかることはなかったはずなんですが……そう考えると部屋から出たのは間違いだったんじゃないか、と反省してしまいますわ。

レオ様に腰を抱かれたまま、自分の行動に反省していると、腰にあった手がパッと離れてしまいました。

「ほら、さっさと行くぞ！　このままだったら帰ってくるのも遅くなる！」

そう言うとレオ様は私から距離を取りましたわ。

さっきまで恥ずかしいと思っていたはずなのに、レオ様が離れて少し寂しいような気がしますわ。

もう少し隣にいて欲しかった、と言いますか……い、いや、何を思っていますの⁉

私はいつからそんなにふしだらな令嬢になりましたのよ！

頭から考えを振り払って、必死に違うことを考えようと意識を集中させていると兵士の言葉が耳に入りました。

「辺境伯様が早く帰りたい理由って夫人がいるからってことなんですね」

その言葉に、せっかく消したはずの寂しさが再び込み上がってくるような感覚になりましたわ。

それに対してレオ様は「うるせぇ！」とその兵士の頭を軽く叩いて玄関の方に向かおうとしているので、反射的に呼び止めてしまいました。

「あの！　レオ様！」

レオ様は不思議そうな顔をして振り返ってくれましたが……何を言いましょう？

反射的に呼び止めたので、本当に何も考えていませんでしたわ。

必死に考えましたが全く思い浮かびません。

「え、えっと……あの……行ってらっしゃいませ！」

そう言うのが精一杯でしたわ。何かもっといい言葉があるとは思ったんですが、そんなありきたりな言葉しか出てこなかったんですの。

ですが、私のそんなありきたりな言葉に対してレオ様は、昨日から今日までで見た笑顔の中でも本当に一番いい笑顔を返してくださいました。

「おう！　行ってくる」

そう言うと、兵士の人達を引き連れて玄関へと向かっていきましたわ。

レオ様達に手を振って送り出した私は、ふと我に返って急に恥ずかしさがこみ上げてきましたわ。

だって……私、こんな……こんな服のままレオ様の前に出てしまって……絶対、あの兵士達に勘違いされましたわよ。こんな姿で廊下を歩くのなんて貴族令嬢としてあるまじき行動ですわ。

そう考えれば考えるほど、足に力が入らなくなってきましたわ。

フラフラと壁にもたれかかるような状態になりながらも、なんとか自分の部屋に入ろうと手を伸ばしましたがそれよりも先に、恥ずかしさの方が勝ってしまいました。

「私ったら、なんてことを……っ！」

つい、壁に向かって叫んでしまいましたわ。

すると、私の部屋の隣の部屋、さっきまでレオ様達がいた部屋の中から「ど、どうしたんですか⁉」と驚いた顔をしてメイドが出てきました。

このメイド……確か、昨日部屋に案内をしてくれたメイドですわね。まさかその部屋にいるとは思っていませんでしたわ。

そう思いながら、何を話そうか、と固まっていると、私の格好を見て顔色を悪くしましたわ。

「し、シャルロット様、その服で部屋から出たんですか⁉」

や、やっぱりそのような反応になりますわよね。

ですが、それは私もよくわかっていることなので今は言わないで欲しかったですわ。

自分でも反省しているところを他の人に言われると、鋭い矢のように胸に突き刺さると言いますか……もうすでに、恥ずかしさでフラフラになっていた私でしたが、メイドの言葉でもう完全に心が折れてしまいました。

「やめてちょうだい……私もたった今、それを後悔しているところよ……」

それだけ言って、さり気なく扉を開けてくれたメイドにお礼を言って部屋に入りましたわ。

そのまま恥ずかしさのあまりベッドに思いっきりダイブして、枕に顔を埋め改めて反省しましたわ。

やっぱりこんな格好で殿方の前に出るなんて、非常識でしかありませんわよね。

わかってはいたんですが、あのままだったら話す暇もなくレオ様が遠征に行ってしまう、と思って体が動いてしまった結果ですの。

そう思いながら、ベッドの上で必死に自分の行動を正当化しているとメイドが着替えの準備のために入ってきました。

「まさかこんなに早く起きるとは思っていませんでしたよ。昨日はお疲れのようだったので起こさないように、とレオン様に言われていたんですが……」

メイドはそう言いながら、慣れたような手つきでクローゼットの中からドレスを選んでいますわ。そんなメイドに申し訳ない、と思いながらも愚痴のように返してしまいます。

「でも、やっぱり起こして欲しかったですわ。だって、何も知らずに起きて、レオ様がいないなんて少し寂しいじゃないですか」

私のことを気遣って、レオ様がそう言ってくれたのはわかりますが、私の意見も聞いて欲しかったですわね。

まぁ、それをメイドに言ってもどうするんだ、という話なので少し申し訳なさはありますが。

そう思っていると、メイドは気にした様子もなく頷いてくれます。

「そうですよね。シャルロット様からの意見も聞いて決めるべきでしたよ」

そう言うと、クローゼットから一枚のドレス……いや、ワンピースを取り出しましたわ。

てっきりドレスを用意しているものだと思っていた私は、受け取りながらも疑問を口に出します。

「あら？　ドレスじゃないんですのね」

「町の方に出るならドレスよりもこっちの方が良いと思いまして」

そう言いながらメイドは、引き出しの中から櫛《くし》を取り出しました。

メイドが選んでくれたワンピースは、まだ一度も袖を通したことのないもので、今後街に出ることも考えて買ったのは良いですが、基本的に家から出てもパーティーやお茶会が多いのでなかなか着る機会がなかった服です。

紺色のウエストの所で切り替えがあって、白いレースがついている、シンプルで綺麗なデザインのもので、結構気に入っていたので嬉しいですわ。

それに、数枚の中からピンポイントで着ていないものを選ぶのは凄いですわね。

「それにしても、流石ですね。シャルロット様のドレス、全てが良いものばかりで驚きましたよ」

メイドはそう言うと、改めてクローゼットに入っているドレスを眺めていますわね。

私が選んでいるわけではないのでわからないんですのよね。

「お父様とお母様、それから弟まで私に似合いそうだ、というものを頻繁に買ってきますの。だから自分でドレスを選んだことがないんですのよ」

そう言うと、メイドは急に勢いよく振り返りました。

「じ、じゃあ、私も今度シャルロット様のドレスを選ぶの、お手伝いしたいです！　いや、むしろ選ばせてください！」

目をキラキラと輝かせてそう言われました。別に断る理由もありませんよね。

「じゃあ、今度お願いするわね。えっと……」

名前を言おうと思ったんですが、まだ聞いていないことに気付いた私は、途中で言葉に詰まってしまいました。

「あ、リーシャです！　私の名前！」

即座に教えてくれたリーシャがなんだか可愛らしく見えて微笑みながら返します。

「リーシャ、ね。これからよろしくお願いしますわ」

「はい！　私の方こそ、よろしくお願いします！」

リーシャは満面の笑みで、そう言ってくれましたわ。


無事にリーシャに手伝ってもらいながらワンピースに着替え終わりました。

「ありがとう」

「いえいえ！　久しぶりにレオン様以外の、しかも女性の着替えなんて私もすっごく楽しかったです！」

そう言ってニッコリと微笑んでくれましたわ。

それとほぼ同時にとても明るく元気な声が部屋の中に響き渡りました。

「お嬢様！　おはようございます！」

サティですね。どうやらしっかりと眠れたみたいで安心しましたわ。

「あら、サティ。おはよう」

部屋に入ってきたばかりのサティにそう言って微笑むと、私がすでに着替え終わっている状況が理解できなかったのか、目を丸くさせて驚いていましたわ。

「え？　えぇ!?　もう着替え終わっているんですか!?」

「早く起きてしまったからリーシャがやってくれたのよ」

苦笑しながらリーシャが見えるよう、少し体の位置をずらすと、余計に驚いた顔をしています。

「そ、それはすみません！　私がもっと早く起きてやるはずだったのに！」

「良いのよ。私も楽しかったし、シャルロット様に名前を覚えてもらうのにも丁度良かったからね」

サティはリーシャに向かって必死に頭を下げていますわ。

それに対してリーシャは笑っているんですが……なんだか見てすぐにわかる上下関係ですわね。

いや、確かにサティは昨日来たので、ここでは完全に新人ですわよ？　ですが、同い年くらいなのに、ここまでハッキリと上下関係なんて生まれるなんて物凄く異様な光景ですわ。

そう思いながら二人を見ていると、急にリーシャが私の方に振り返りました。

「じゃあ、私は朝食の準備に行ってきますね！　その後に、メイド達のことを紹介して、町の方を案内します！」

まるで嵐のように部屋を後にしました。

「ねえサティ、メイド達の紹介だなんて、リーシャって同年代のメイドの中ではかなり良い立場にいるの？」

「何を言っているんですか！　リーシャさんはここのメイド長ですよ！」

そう言うと、リーシャのことを詳しく教えてくれましたわ。リーシャ……あの見た目でレオ様と同年代ですの……？　え、もしかして辺境って若返りの秘薬か何かありますの？　あの二人だけですわよね!?

そんな与太話をしている間に、どうやら食事の準備が終わったようで、リーシャに呼ばれて食堂に向かいましたが……なんだかメイド達の表情が厳しいといいますか、私を見る目が昨日とは打って変わって険しい顔をしているような気がしますわ。

やっぱりレオ様がいるときは歓迎してくれましたが、私のようなつい最近まで学園に通っていたような小娘が夫人になるのは気に食わない、ということなのでしょうか？

そう思いながら用意されていた私の椅子に座ると、私から一番近い場所に座っていたメイドが恐る恐る手を上げましたわ。

「あの、伺いたいことがあるんですが……」

それが合図になったかのように食堂にいたメイド達が私の方に視線を向けましたわね。

何か言葉を返すわけではないのですが、どうぞという意味を込めて言葉を待っていると、とんでもない質問が投げられました。

「シャルロット様が淫《みだ》らな格好でレオン様に言い寄っていた、というのは本当ですか……？」

淫《みだ》らな格好で？　レオ様に言い寄る？

全く覚えのないことに、首を傾げますが、ふと思い出します。先程、レオ様の前に出てしまった時の格好……

「そ、そんな言い寄るなんてはしたないこと、出来ませんわ！　た、確かにレオ様の前に少し、はしたない格好で出てしまいましたが、それは話をする前に遠征に行ってしまう、と焦ったからで！　言い寄るなんてことはしていません！」

思わず頬を染めながら、ハッキリと皆に聞こえる声量で言いましたわ。

すると、今まで鋭い目で私を見ていたメイド達がヒソヒソと確認するように、皆で言い合っていますわね。

「確かに、昨日の様子を見てもレオン様にそのようなことをしていた様子は一切なかったわよね」

「え？　だったら何だったの？」

「でも、確かに聞いたわよね？」

全く……とんだ誤解ですわ。

なんでこれから旦那様になるような人に、そのようなことをしないといけないんですのよ。

そんなことをしなくても、いずれは……って、はしたないですわ！

「どこからそのような話が広まっているのかわかりませんが、そのようなことは一切ありません！　レオ様が帰ってきたら聞いてみたらいいですわ！」

一息に言い放ち、置いてあったスプーンを手に取ると、納得してくれたのか何なのかはわかりませんが、皆黙って食事を開始しましたわ。

はぁ……くだらない話のせいでせっかくの美味《おい》しい料理が少し冷めてしまいましたわ。昨日の夕食が美味《おい》しかったので凄く楽しみにしていたのに……

無事に食事も食べ終わって一息ついている時、さっき私に質問しに来たメイド達が私の所に駆け寄ってきました。

しっかりと食器も片付け終わったばかりですし、仕事もひと段落しているようですが、さっきのこともあって、思わず身構えてしまいますわ。それと同時に、気を張っているせいで睨みつけそうになってしまいますが、そこはグッと堪えます。

「どうしましたの？」

なるべく柔らかい口調で尋ねると二人揃って深々と頭を下げてきましたわね。

「急にあのような質問をして申し訳ございません！」

「申し訳ありませんでした！」

本当に質問の時といい、謝罪といい急な人達ですこと。でもこれくらいで目くじらを立ててられませんわね。

「一体、誰がそんなことを言っていましたの？　そんな風に見られていたなんて正直悲しいですわ」

悲しそうな顔をわざと見せた後に目を伏せると、メイドは焦ったように必死に説明をしてきます。

「誰が、とかはわからないんですが、気が付いたら噂が回っていたというか……」

つまり、誰なのかはわかりませんのね。今朝の私の姿を見た誰かが、とばかり思っていましたが、昨日の時点で誰かが事実無根の噂を広めた、という可能性もありますわね。

一体誰がそのようなことをしたのかわかりませんが、名誉棄損ですわ。

内心腹立たしく思いながらも、目の前の二人は事実が気になっただけだったみたいなので、これ幸いと情報収集させていただくことにします。

「ねぇ、貴方達二人が知っている私の噂を知りたいわ。教えてくれるかしら？」

すると、最初は少し気まずそうにしていましたが、ぽつりぽつりと話してくれましたわ。

まず一つ目が、公爵家の力を使って、レオ様を脅して婚約をしたという噂。

二つ目は王太子の婚約者だったけど、我儘すぎて婚約破棄されたという噂。

三つ目は娼婦のように男を漁るのが趣味で、王都では何人もの子息達を誑《たぶら》かしているという噂。

四つ目は頭も悪く、素行もよろしくない……と言うような内容の噂でしたわ。

何をどうやったらここまで真実と異なる噂になるのか聞いてみたいくらい違いますわね。

正直、多少のことは覚悟していましたが想像以上ですわ。

全ての話を聞き終えた私は、あまりにも酷い内容に言葉を失ってしまいました。

「あの……！　私達は、そうだとは思っていないので！」

今朝まではこれが真実だと思っていたから私に質問したのでは？　……というのは野暮ですわね。

「随分と私が非道な令嬢だということになっていますのね」

「で、でも、これはただの噂なので……」

ただの噂とはいえ、そんな悪い噂を聞いたら私に対して良い印象は持てないと思いますわ。私がどれだけ良いことをしても、なかなか印象を変えるのは難しいでしょうし、だからこそ噂と言うものは厄介ですのよ。

「噂でも、私と話をしたことがない人は皆その噂を信じてしまいますわ。だって、情報が噂しかないんですもの」

私が呟くと、今まで必死に否定していた二人でしたが、確かにと納得していましたわ。

「はぁ……これから町の方に出ようと思っていたのに、これでは厄介なことになりそうですわね」

これほどまでに悪く言われたことがないので、正直憂鬱な気分になりますわ。

一体誰がこのような噂を広めたんでしょう。

色々と思うことはありますが、この二人に聞いても誰が噂を広めたのかなんてわかりませんし……来て二日目でこれは正直しんどいですわ。

なんて思っていると何やら異様に明るいリーシャが現れましたわ。

「シャルロット様！　準備は出来ましたか？」

流石のサテイも、リーシャのあまりのテンションの高さに戸惑っているみたいですが、何か良いことがあったんでしょうか？

「えぇ、いつでも行けますわ」

リーシャのテンションに戸惑いながらも返事をすると、リーシャは私の隣にいた二人のメイドを一瞥した後に私に視線を向けました。

「あれ？　早速他のメイドと仲良くなったんですか？」

「えぇ、少し世間話をしたくらいだけど」

そういえば、リーシャが食堂に行く前に、メイドの紹介をする、と言っていましたわね。色々と良くない話は聞きましたが、話をしてみてこの二人は悪い子ではないことがよくわかったので、さり気なくリーシャに二人のことを紹介するよう視線を向けます。

しかしリーシャは、気付いているはずなのにも関わらず、メイドを横目でチラッと見るだけで早くお屋敷を出たそうにしていますわ。

「とにかく、早く行きましょう！　おすすめのお店を紹介しますよ！」

何か違和感がありますわね。なんとなくですが、私とメイドを仲良くさせたくない、みたいな意図が見え隠れしているような。

ですが、ここで何かを言って機嫌が悪くなるのは嫌なので、町に行こうとしているリーシャを止めてまで紹介してもらわなくても良いですわ。だって、これから何度も会う機会があるんですもの。

そう思った私は、リーシャのテンションの高さに少し引いているメイド二人に「またお話を聞かせてくださいな」とだけ声をかけて、リーシャとサティの三人でその場を後にしましたわ。

お屋敷から出るとリーシャは早速、どこか行きたいところはあるか、と確認をしてきましたが、正直この領地には一体何があるのか、というのは把握していないので困りますわ。

チラッとサティを見ると、サティも戸惑った様子でキョロキョロと辺りを見渡していますわね。

多分私と同じような状況で何も決まっていないということでしょう。

そう思った私はリーシャに、とりあえず色んな所に行ってみたい、とだけお願いします。

「わかりました！　では、順番に案内しますね！」

リーシャは嫌な顔をすることなく満面の笑みで返してくれましたわ。

やっぱり、さっきの違和感は気のせいだったのかしら？　きっとリーシャも紹介する、という話を忘れただけですね。

そう思った私は、少し感じた違和感を心の中に押し込めて、サティと共にリーシャの後へと続きましたわ。


リーシャと一緒に町を歩いていますが、何やら領民からの視線が凄いですわね。

今、私達が歩いているのは領民の家が連なっている道なんですが、外に出ている人から家の中にいる人まで、全員が注目しているような異様な状況ですわ。

こんなに注目されるのは、あの忌々しい卒業パーティー以来なので、どうすればいいのか戸惑ってしまいますわね。だって、手を振るのはおかしい話ですし、とはいえ、この大量の視線を無視し続ける、というのも違うような気がしますもの。

それはサティも同じことを思っているみたいで、この視線をどうすればいいのか、と戸惑っているようです。同じく視線に気付いてはいるでしょうが特に何かをするわけでもなく、早歩きで歩みを進めるリーシャの後を追うしかありません。

「あらぁ？　リーシャ、なんだか随分と綺麗なお嬢さんを連れているね」

家の前で畑の肥料が入った袋を持ったおばあさんが声をかけてきましたわ。

王都では絶対にありえないような状況だったので、戸惑っていると、私の前にスッとリーシャが出てくれました。

「こんにちは！　シャルロット様っていうんですよ」

なんだか慣れている、ということは、これは日常的なことなのかしら？

まぁ、レオ様の性格的に、話しかけられても爽やかに返しているのが容易《たやす》く想像が出来ますわ。

……ということは、私もこの状況に慣れていくしかないのでしょう。

「まぁまぁ、貴族様かい。こんな田舎に一体どうしたんだい？」

「初めまして、シャルロット・クリストファーと申しますわ。レオ様……レオン様の婚約者として、昨日領地に到着しましたの」

ニッコリと微笑みながらそう話しかけましたわ。

すると、私の言葉を聞いたおばあさんが目を大きく見開いたかと思ったら、周りにいる人達にも聞こえるくらいの声の大きさで、叫びましたわ。

「あららら！　ちょーっと！　ついにレオン様に婚約者だって！」

じ、自分で言ったことですが、こんな流れで婚約者だ、と把握してもらうのは初めてなので驚きの連続ですわね。

おばあさんの声を聞いた領民の人達は次々に私に話しかけてきましたわ。

「おやぁ……ついにレオン様も結婚さね？」

「めでたいねぇ。私が死ぬまでに結婚して欲しいってお願いして良かったよ」

「儂がもっと若かったらお嬢さんを口説いていたところなんじゃけどなぁ」

「こんなに若い子が……お前さん、何歳なんだい？」

全てを聞き取ることは出来ませんでしたが、なんとか一番近くにいたおじいさんの質問にだけ答えます。

「あれまぁ……随分と若い嫁さんを貰ったもんだねぇ」

「レオン様もカッコええからなぁ。年齢が離れてても大して気にならんじゃろ？」

「いやいや、本当に一安心だねぇ」

再びおじいさん、おばあさんの間で盛り上がっていますわ。

ただ、喜んでいるおじいさんとおばあさんたちの後ろや離れたところには、私を睨みつけている人が何人か見えるんですのよね。

「ちょっと！　おじいちゃん達！」

そちらを気にしていると不意に、甲高い声が聞こえてきましたわ。

本当に耳がキーンとするほどの声でしたが、おじいさん達の勢いを弱めてくれたので感謝したい、なんて思いながら声の主を探すと、おじいさん達がとある方向に向きを変えていることに気が付きましたわ。

きっと、そこに声の主がいるんでしょう。

「どうしたんだい？　カンナ」

「そんなに怖い顔をして、可愛い顔が勿体《もったい》ないのぉ」

おじいさん達が慣れたようにカンナさんという女性に話しかけているのが目に入ってきましたわ。

カンナ、と呼ばれた女性は、私よりも少し年上でしょうか？

黒い髪の毛に黒い目、全体的に細身で、家からは出ないのか貴族令嬢と同じくらい肌が白いですわ。そして、おじいさん達が言う通り、美人、ではなく可愛らしい顔立ちをしていますわね。

なんて思いながらカンナさんを見ていると、カンナさんはサラッと褒められたことに顔を少し赤く染めながら手をブンブンと振っておじいさん達の言葉を否定しています。

「い、今はそんなことどうでもいいのよ！」

なんだかとても可愛らしいですが、どこかリリア様と同じ匂いを感じるような……いや、きっと気のせいですよね。

そんなことを思いながら、おじいさん達を止めてくれたカンナさんにお礼を言おうと近付くとキッと私のことを睨《にら》みつけてきましたわ。

「それよりも！」

初対面で睨《にら》まれるようなことはした記憶はありませんが、どうしたんでしょう？

軽く首を傾《かし》げて何を言うのか、とカンナさんの言葉を待っていると、カンナさんは私のことをビシッと指さしてきましたわ。

「その女に騙されたらダメよ！　こいつ、とんでもない悪女なんだから！」

あらら……もしかして、カンナさんはおじいさん達を止めたわけではなく、皆の前で私のことを糾弾しようとしていますの？

はぁ……謂《いわ》れのないことで糾弾されるのはあのパーティーだけで十分ですわよ。

カンナさんの発言に思わずため息をつきそうになってしまいましたが、次の言葉でため息は一気に引っ込んでいきましたわ。

「王太子に悪女だからって婚約破棄されたから、逃げるようにしてここに来たんだって？　捨てられた女のくせにレオン様にその話をして同情させて婚約したらしいじゃない」

カンナさんはそう言うと、言ってやった、というような表情を浮かべて私のことを見てきましたわ。

完全に喧嘩を売っているような言い方ですが、買っても良い喧嘩なのでしょうか？　良いですわよね？

そう思いながら、はぁ……と大きく息を吸った後に、吐き捨てるようにカンナさんに言いました。

「確かに婚約破棄はされましたわ。というか、他の女に現を抜かして公務も疎《おろそ》かにし、私に押し付けていたような王太子に婚約破棄されたところで何も思いませんが……」

これは事実ですし信じられない、というのなら陛下にも聞いてみたらいいですわ。ただの平民が陛下に会えるのなら、ですが。

と付け加えたかったですが、流石にそこまで言うと可哀そうなのでぐっと堪《こら》えましたわ。

だって、すでに私の言葉に対して、聞いていた話と違う！　と言いたそうな顔をしていますもの。

私の発言と、カンナさんの発言に、周りのおじいさん達は皆戸惑っているみたいですわ。

「ど、どっちが本当なんだ？」

「でも、カンナが嘘を付くとは思えないんじゃが……」

「そうは言っても、このお嬢さんだって悪い子には見えないのぉ」

正直、面倒そうな人が出てきた、というのが私の感想ですわ。

あ、もしかして、家の中から私を睨みつけている人達も同じ話を聞いているのでこんな反応なんでしょうか？　そうだとしたら、しっかりとお話して誤解を解いておきたいところですわね。

なんて思っている間に、カンナさんはさっきまで失っていた勢いを再び復活させましたわ。

「ふ、ふん！　そうやって言っていられるのも今だけなんだから！」

えっと……どういうことなんでしょう？

私は自分のありもしない噂を否定しただけで、別に自信がある、とか、余裕がある、とかそういうことではないので、どんな顔をしていればいいのかわからないんですが……

「レオン様は私のことをお嫁さんにしてくれるって言っていたの！　だから本当に愛しているのは私なのよ！」

片方の手を腰に当てて、もう片方の手で私に指をさしてきましたわ。

レオ様はそのような話を一度もしていませんでしたわよ⁉

そもそも、もし自分に結婚相手がいるのであれば、私が来た時点で追い返すことだって出来たのに、むしろ結婚を喜んでいましたのよ？

話を聞いていたおじいさん達も、カンナさんの発言には驚いています。

「か、カンナ、そんなの冗談で言っていたことだろう？」

「冗談なんかじゃないわ！　レオン様は、私のことが好きだって言ってくれたもの！」

カンナさんは自信満々にそう言うと、私のことをバカにするような、勝ったとでも言いたそうな顔をして見てきましたわ。

い、いや……ちょっと待ってください⁉

レオ様が、カンナさんに、好きだ、と言ったんですの⁉

そんなことあり得るわけが……

いや、カンナさんはこの領地に住んでいる人ですし、昨日会ったばかりの私なんかよりも関わりがあるのは当然のことですわよね。

それに、今まで婚約者がいなかった、ということしか私は知りません。レオ様に平民の恋人がいてもおかしい話ではありませんわ。

そう考えると、もしかして私が邪魔ものだ、ということで……

考えれば考えるほど、嫌なことばかりが頭の中に浮かんできて、何かを言い返したくても息を整えるので精一杯ですわ。

だって、カンナさんはあれほど自信満々にレオ様は自分のことが好きだ、と宣言していて……疑う気持ちもありますが、もし嘘なのであればこれほどまでに自信満々にはいられませんわよね。

「貴方との結婚だって、貴族だから仕方なく令嬢と結婚するだけなのよ！　私とレオン様は愛を誓い合った仲なんだから！」

カンナさんがニヤニヤと笑いながら言ったところで、急に目の前が真っ暗になっていましたわ。

カンナさんと話をしてどれくらいの時間が経ったでしょう？

「お嬢様ぁ……」

寂しそうな、か弱い声が聞こえて目を開けると、朝に見た部屋の天井が目に入ってきて、私のすぐ近くには、静かに目から涙を流しているサティの姿がありましたわ。今まで長く一緒にいた中でも見たことがないくらい悲しそうな顔です。

どう声をかけようか、と悩んでいると、私が声をかけるよりも先にサティが顔をパァっと明るくさせました。

「お、お嬢様！　目が覚めたんですね」

どれくらい寝ていたのかはわかりませんが、本当に心配をかけてしまいましたわ。私としても、特に予兆も無しに意識を失ったので、何がどうなっているのか全く把握出来ません。

「私……何がありましたの？」

「カンナさんに絡まれて、お嬢様は急に意識を失ってしまったんですよ。医者に聞いたところによると、疲労とストレスが原因だ、とのことでした」

そう言って、目の前にお茶を置いてくれましたわ。

疲労とストレス……だとしたら、大体カイン様のせいですわね。

「あの後どうなりましたの？」

サティに尋ねると、言いにくそうにしながらも、私が倒れた後の出来事を教えてくれました。

どうやら急に私が倒れてしまったので、あの場が相当混乱したらしく、

「カンナが変なことを言ったからだ！」

「そうじゃ！　お嬢さんに謝罪しなさい！」

というカンナさんを非難する声が沢山あがってしまったみたいです。

「なんでよ！　私は本当のことを教えてあげただけ！」

とカンナさんは言っていましたが、実際に私が倒れてしまった、ということもあって物凄く戸惑っていたみたいですわ。その後は、おじいさん達からの視線が痛くて逃げるようにその場を後にした、とのことです。

「カンナさんには申し訳ないことをしたわね。後で謝罪に行かないといけませんわ」

そう言うと、私よりもサティの方が相当怒っていたみたいで言い返してきました。

「なぜですか！　あのようなことを平然と言ってくるような人に謝罪なんて必要ないですよ！」

まぁ、確かにあの場で、本当に愛されているのは自分だ、なんて話をするのは非常識ですしあり得ないことですが、カンナさんの言っていることが本当で、彼女の気持ちを考えるのであれば、言いたくなるのもわかりますわよね。

だって、今まで自分と結婚すると思っていた相手に婚約者が出来てしまうなんて腹も立ちますし、その相手が自分よりも身分が上の人だ、なんて敵《かな》う訳もありませんし。

「カンナさんは、レオ様に好きだと言われていて、結婚も約束していて……」

用意してくれたお茶を一口含んで言ったところで、サティが凄い勢いで私に待ったをかけましたわ。思わず首を傾げて彼女の方を見ると、なぜか大きくため息をつかれました。

「そもそも、本当にカンナさんとレオン様と結婚の約束をしていたとして、いくら王令だからってお嬢様との結婚について、こんなに簡単に話が進みますか？」

まるで諭すかのように私にそう言ってきます。

「それは、ほら……あれよ。きっと貴族と平民が結婚、となると色々と問題があるから愛人としておいておこうと思っていたとか」

「お嬢様はレオン様と話をして、そんなことを考えるような人だと思いましたか？」

確かに、レオ様は嘘をつくような人だとは思えませんし、秘密裏に愛人を迎えておいて私には領地の管理を任せよう、なんて考えるとは……いえ、ですが、貴族の中には思ってもみないことをしでかす方も、人によって態度をがらりと変える人もいますわ。それは私が身をもって経験したではありませんか。

なので、安易に信用することは出来ません。レオ様としっかりと話をしたのは昨日だけなので、実際にどのような人なのかはまだ分かりませんわ。

「でも、あれだけ自信満々にカンナさんも宣言していましたのよ？　全くの嘘だとは思えませんわ！」

サティに言うと、何やら呆れた、とでも言いたそうな顔で頭を抱えてしまいましたわ。

「とにかく、お嬢様は一週間ほどゆっくりと休むように医者から言われているのでゆっくりしてくださいね。レオン様にはレオン様の専属執事の人が電報を出してくれる、と言っていたので……それと、レオン様を疑うのは仕方のないことですが、まずはゆっくりと体を休めて、その後に帰ってきたレオン様に話を聞きましょう。それでこの話は終了ですよ！　休んでくださいね！」

サティは机に置いてあったティーセットを片付けながらそう言うと、部屋を後にしてしまいましたわ。

きっと私がハッキリとレオ様を信じるとも、疑うとも言わなかったせいでサティを苛立たせてしまったんでしょう。

とはいえ、私だってこのようなことは初めてですしどうしたらいいのか……そう思いながら、サティに言われた通り今は体を休めようとベッドに倒れ込みました。


私が倒れてしまった日から、今日で一週間が経過しましたわ。

この一週間の間、サティとリーシャに本当に良くしてもらったおかげで、無事に全回復ですわ！

それどころか、ここ最近の中では一番調子がいい、と言っても過言ではありません。ベッドの上から起き上がって、軽くぴょんぴょん、とジャンプしてみると今まで王都で疲れが取れたと思っていた時期は絶対に勘違いだった、と思う程体が軽いです。

立ち上がったついでに、今日は自分でドレスを選ぼうとクローゼットの方に向かうと、急に廊下からバタバタと大きな足音が聞こえて来ました。かと思えば、私の部屋の扉がバンッ！　と大きな音を立てて開きましたわ。

「な、なんですの!?」

思わず今までにないくらい大声を出してしまいました。だって、このようなことは初めてですし、サティとリーシャが扉を開けたとしても、あまりに勢いがありすぎますわ。

扉の方を見ると、そこには想像もしていなかった人が立っていたので、思わず言葉を失ってしまいました。

部屋の中に入ってきたその人は、私の姿を確認するなりつかつかと近付いてきます。

「体調は？　倒れたって聞いたぞ？　立ち上がって大丈夫なのか？」

ガシっと私の肩を掴んで、そう聞かれたので、あまりの勢いに頷くのがやっとでしたわ。

なんと、部屋に入ってきたのは、あと一週間ほどは戻らないはずのレオ様でした。

足音でも急いでいるのはわかっていましたが、私の想像以上に急いで来てくれたみたいで、息は乱れ、顎から汗がしたたり落ちて……私が倒れた、と聞いて急いで帰ってきてくれたのか、と思うと申し訳ないような、嬉しいような、なんだか複雑な心境になりますわ。

頷いた私に安堵しているレオ様を見て、思わず頬を緩ませながら問いかけます。

「レオ様？　遠征はどうしましたの？」

「ん？　あぁ、過去一早く片付けて、俺だけ先に戻ってきたんだ」

サラッとそう言いましたが、予定の半分の期間で戻る、ということは相当無理をしてきたに違いありません。

「はぁ……本当に焦った。急に倒れるとか、心臓に悪すぎるって」

レオ様はそう呟いたかと思ったら、安心したのか、一気に疲れが来たのか、私の目の前に座り込んでしまいましたわ。

そんな姿に、こう……キューっと締め付けられるような、今まで感じたこともないような感情が沸き上がってきましたが、それをグッと抑え込んで、引き出しの中から取り出したハンカチでレオ様の汗をスッと拭きとりましたわ。

「も、申し訳ないですわ。私もまさか倒れるとは思っていなくて……」

私が急に汗を拭いたので、一瞬驚いた顔をしていたレオ様でしたが、恥ずかしそうにそっぽを向いておられます。さっきと全く同じ、胸がキューっと締め付けられるような感覚を感じましたわ。

これが一体何かはわかりませんが、胸の奥底から溢《あふ》れ出すような、そんな感覚ですわ。

そう思いながら、一通り汗を拭き終わったところで、レオ様がいない間に何があったのか、と聞かれたので、反射的にカイン様のせいで疲労とストレスが……と話そうと口を開いた時でしたわ。

「レオン様！　こんなところに居たんですか！」

その声と共に、バンっと大きな音を立てて扉が開いたと思ったら、息を切らしたリーシャが立っていて、つかつかと私とレオ様の近くに歩いてきます。

「汗だくでレディーの部屋に入っていくとは何事ですか！　シャワーくらい浴びてください！」

そう言って、座り込んでいたレオ様を無理やり立ち上がらせましたわ。

リーシャのあまりの勢いに圧倒されている私の隣でレオ様は面倒くさそうな顔をしています。

「はぁ？　この汗はシャルロットの為にかいた汗なんだから別に流さなくてもいいだろ？」

そう言って、私に同意を求めるように見てきましたがリーシャは「それはヤバい人の思考ですよ！」と無理やりレオ様を部屋から連れ出してしまいましたわ。

正直、レオ様ともう少し話がしたい、と思いましたが、リーシャの言う通りシャワーは大事ですからね。ただ、今まで騒がしかったせいか、少し寂しく感じてしまいますわ。

そう思いながら呆然と扉を見つめていると、レオ様達と入れ替わるようなタイミングで部屋に入ってきたサティは、床に膝をついている私を見てすぐに何があったのか、と駆け寄ってきました。

「ど、どうしましょう？　レオ様が帰ってきましたわ」

と縋《すが》るような目でサティを見ると、一瞬キョトンとした顔をしていましたがすぐに呆れたとでも言いたそうな顔をしながらこう言いましたわ。

「帰ってきた、って……良かったじゃないですか。あの話も聞けますし」

そういう問題ではないんですのよ。私の心の準備というものが……それに……

「その話について何も考えていなかったじゃない！　単刀直入に言ってもいいもの？　それとも、様子を見て後から言った方が良いのかしら？」

私がそう言うと、サティは私の様子がおかしい理由を理解してくれたみたいで、なるほど、と苦笑して頷いていますわ。

だって、聞かれたくないこともあるかもしれませんし、特にレオ様は今まで婚約者がいなかった、ということもあって女性遊びをしていてもおかしくはないですもの。

そう考えるとカンナさんと関係があった、と言われても納得できるような……いや、でもダメですわ。カンナさんはレオ様と愛を誓い合った、と言っていて、流石に見逃すことは出来ません！

だって、私と結婚した後も他の女性に心がある、ということになりますし……

「まぁ、気になることですし、もしカンナさんの話が本当だったら結婚自体考えた方が良いかもしれませんよね」

サティは眉間に皺を寄せながらそう言いましたが、まさか結婚自体をなしに……なんて考えが出るとは思っていなかった私は「そ……そうですわよね……」という言葉しか出てきませんでしたわ。

確かに結婚は王令で、とは言っているものの、カイン様が勝手に決めたことですし、公爵家に戻ったとしても、そのことを主張すれば別に何の問題もありませんわ。

……ですが、なぜでしょう？　レオ様と結婚しないと考えると悲しくなるといいますか、心のどこかがモヤッとするような……いや、気のせいですわよね。

「ですが、私はレオン様がそのような人ではない、と思っています。お嬢様もそれは同じですよね？　前にも言いましたが、本人にしか真相はわからないんです。素直にレオン様に聞いてみましょう」

サティは優しい声色と表情でそう言い、ゆっくりとクローゼットに向かうと、私を促《うなが》すように目の前にドレスを差し出しましたわ。

サティに手伝ってもらってドレスに着替えましたが、最近はベッドの上にいることが多かったので動きやすいワンピースを着ていることが多いということもあって、久しぶりにドレスを着ると気が引き締まるような気分になります。

なんて思っていると、コンコン、と控えめなノックの音が聞こえてきましたわ。

あら？　リーシャかしら？　さっき、まともに話もせずに部屋から出て行ったので、何か用事でもあったとか？

そう思いながら、扉に向かって返事をすると、短く「入るぞ」という声が聞こえてきましたわ。

部屋に入ってきたのは、三十分ほど前に部屋を出たはずのレオ様で、シャワーを浴びてそのまま来たのかまだ髪の毛からは水が滴《したた》り落ちていますが、それがレオ様の色気を倍増させているような気がして、なかなか直視できませんわ。

そんな中、レオ様はさも当然のように流れるような動きで、私のベッドの端の方に座ると、私のことを手招きしたので、ゆっくりとレオ様の隣に腰を下ろします。

「それで？　俺がいない間に何があったんだ？」

「あ、えーっと……そのことなのですが……」

早速本題を聞かれたことに驚いてしまった私は、なんて言えばいいか、と頭の中で必死に考えているせいで言葉に詰まらせてしまいましたわ。

だって、カンナさんに色々言われて、というと、カンナさんだけが悪いみたいになってしまいます。それは流石に可哀そうですわ。

なんて思っていると、レオ様は、はぁ……と大きくため息をついた後に質問を変えてくれました。

「町の方には行ってみたか？」

「え、えぇ！　町には出たんですが、その途中で倒れてしまったので全部は回れませんでしたの」

レオ様は私の言葉を聞いて、そうだったのか、と頷いたかと思ったら、ニヤッと意地の悪い笑みを浮かべます。

「ということは、町で何かあったんだな？」

まるで核心をついた、と言わんばかりに言ってきましたの。

い、いや、確かに町の方で何か……どころかカンナさんに会っているんですから思いっきり事件はありました。ですが、まさかそのようなやり方で聞いてくるのは想定外だったので戸惑っていると、そんな私に気付いたようで言葉を足してくれました。

「何があったんだ？　別に怒っているわけじゃない。話してくれ」

その時のレオ様の表情が本当に真剣な顔をしていたので、私ももう諦めましたわ。

ここで、どうにかいい感じに話をしたとしても、どうせ真実を聞かないといけないんですもの。

今、ハッキリと聞いてしまった方が私もスッキリする、と自分に言い聞かせます。

「その……こんなことを聞くのは失礼かもしれませんが……か、カンナさんとは一体どのような関係ですか!?」

大きく息を吸った後に、一気にレオ様にそう言いましたわ。

どうしましょう……俺の大事な人だ、というような返事が返って来てしまったら……もしそうだったら、私は潔く身を引いて家に帰るしかありませんわよね。

レオ様が無言の間、色んな考えが頭の中をグルグルと回っていますが、どれも嫌な物ばかりで自分でもなんだか嫌になってきますわ。

早く、何か言ってくださいませ……

目をギュッとつぶって、レオ様の言葉を待って一分ほどでしょうか？

いや、本当はもっと短い時間かもしれませんが、レオ様が「えーっと……？」と呟いたところで目をパッと開けましたわ。

レオ様の顔を見てみると、本当に困っているかのような、戸惑った表情をしています。そんなレオ様に対して、なぜか少し腹立たしく思った私は少々きつい語調で続けました。

「カンナさんに言われましたの。レオ様と愛を誓い合ったんだ、って。レオ様と私が結婚するのは周りの目があるから仕方なくなんだって……」

「はぁ!?」

私が言い終わるとほぼ同時に聞こえてきたレオ様の声に、私の方まで驚いてしまいましたわ。

だって、声と顔を見ればレオ様が本当に驚いているのがわかりますし、カンナさんが言っていたことが嘘だ、ということがわかります。

「いやいや……はぁ？　なんで俺がカンナと愛を誓い合った、ってことになってんだ？　俺は一度もそんなことを言った記憶がないぞ⁉」

身に覚えのないことを言われて怒っているのか、凄い勢いで言ってきました。

ですが、カンナさんに何かしらの自信がないとあのような行動は出来ないはずです。

「カンナさんはおじいさん達の前でハッキリとそう言っていましたわ」

「そもそも、カンナのことは確かに領民としては好きだぞ？　まぁ、それを言ったらここの領地にいる人全員のことが好きなんだけど。でも特別扱いをしたこともないし、好きだ、なんて言ったこともない！」

私の言葉に、レオ様はハッキリとそう断言しましたわ。

特別扱いをしたことがない、ですか……。それに関しては私は現場を見ていたわけではありませんし、そうなんですね、としか反応が出来ませんが、嘘ではない、と思っていますわ。

だって、レオ様があまりにも必死なんですもの。

「というか、愛を誓い合ったってのはなんだ⁉　カンナは俺の好みでも何でもない！」

頭を抱えながらそう言って、はぁ……と二度目の大きなため息をつきましたわ。

それに……カンナさんがタイプではない、という言葉に思わず笑いそうになってしまいましたわ。

だって、カンナさんがあれほどまでに愛されている、と自信満々に言っていたのに、本当に嘘だった、なんて。

い、いや、ここで笑うのは性格が悪いですわね。本当は思いっきり笑ってスッキリしたいところですが、ぐっと我慢して、今はレオ様の話を聞いて、カンナさんをどうやって対処するべきか考えるべきです。

いまだに頭を抱えているレオ様に声をかけようとすると、それよりも先にレオ様が顔を上げました。そのままパッとベッドの上から立ち上がって部屋から出て行こうとしましたわ。

「カンナの家に行ってくる！　このままシャルロットの変な噂が広がるのも不本意だし、俺も許せないからな！」

それほどまでに苛立《いらだ》っているんだ、ということなのでしょうけど、今は家には行かせるべきではないと思った私は、もう扉の持ち手に手をかけているレオ様に向かって、必死に声をかけます。

「れ、レオ様、待ってください！　まずは話し合いをしましょう！」

私の必死さが伝わったんでしょう。なんとか留まってくれましたわ。

見るからに渋々だ、というのが伝わってきますが、仕方ありません。止めないと面倒なことになることくらい想像が出来ますもの。

レオ様はさっき座っていた場所と同じところに戻って、何度目か分からないため息をつくと私に視線を向けてきます。

「話し合い、といっても何を話すんだ？」

「レオ様は、カンナさんの家に行って、怒鳴り込みをするつもりですのよね？」

「当然だ。それ以外、何をすることがあるんだ？」

レオ様はキョトンとした顔をして、さも当然だ、と言わんばかりに頷きましたわ。

それを見た私は思わず固まってしまいましたが、なんとか言葉を絞り出します。

「か、カンナさんの家に行って騒ぐのは違うと思いますわ！」

「なんでだ？　だって、カンナも似たようなことをしたんだろう？」

カンナさんの行動については、私よりもレオ様の方が怒っているんでしょう。確かに、ありもしないことを広められて、というのは腹立たしいことですもの。私も経験者ですから分かります。

ただ、怒鳴り込みに行くのは違う、と思った私は不機嫌そうに貧乏ゆすりを始めてしまいそうなレオ様に言い聞かせる言葉を探します。

「その……だって、カンナさんは、自分こそがレオ様の結婚相手だと、妄想で決めつけている人ですわよ？　絶対に私達が想像も出来ないような思考をもっていて、それを主張してくるに違いありませんわ！」

カンナさんには失礼かもしれませんが、ハッキリとそう言いましたわ。

私の言葉に思うことがあったのか、レオ様も、「まぁ……確かにシャルロットの言う通りだな」と落ち着きを取り戻してくれました。

おそらく、勝手な妄想で好みでもない女性と結婚の約束をしたことになっていた、ということに我慢できなかったんでしょう。話を聞く限り思わせぶりな態度も取っていなかった、とのことですし。

　これは私の憶測ですが、レオ様の何気ない言葉でも、カンナさんからしてみると変換されて、愛の言葉だ、と捉《とら》えている可能性もありますわよね。それこそ、領民としてみんなに言った『好き』を自分だけに向けられた恋愛感情としての『好き』と誤解した、ですとか。

　なんて思っていると、レオ様は少し何かを考えた後にこう私に聞いてきましたわ。

「だが、このまま放置するのも違うだろう？　どうするんだ？」

　確かにその通りで、きっと私が寝込んでしまっている間にもレオ様とカンナさんのことは広まっているでしょうし、今更私が出て行っても、全てが後付けでしかありません。

　皆がどちらを信じるか、と聞かれたらきっと大半はカンナさんの話を信じると思いますわ。領民からしてみるとカンナさんの方が長い間一緒にいる仲間ですし。

　私から何か動くよりも、レオ様に噂を否定してもらう、というのが一番いい方法なんでしょう。

「何か、皆が集まるようなイベントはありませんの？」

　王都に住む貴族の場合、基本的に噂はお茶会や学園の中で広まって、パーティーの場で噂の真偽が確かめられる、ということが多いです。例えば、仲が悪い、と噂されている二人がパーティーで仲良くしていたら噂が嘘だと一気に広まる、などですね。単純な話だとは思いますが、きっと平民同士の間でも同じだろうと思いましたの。

　私のその考えが伝わったのかはわかりませんが、レオ様が明日帰還パーティーを開くことになる、と教えてくれましたわ。そういえば、遠征に行く前にそんな話をしていましたが、てっきり遠征に行った人たちだけで、だと思っていました。

「領民全員が参加するのですか？」

「まぁ、そうだな。遠征に行った奴の身内も呼べるから、全員とまではいかないが、結構な人数が集まる」

なるほど……この領地内の親戚関係がどのようになっているのかはわかりませんが、結構な人数、とレオ様が言うんですからきっと領民の半数は集まるんじゃないでしょうか？

もし、そうだとしたら、私の噂と、カンナさんの件について、皆に話が出来るかもしれませんわ。そうは言っても、カンナさんのように前置きもなく嘘をついている、ということだけを暴露するつもりはありません。私がやるのは、皆の前で私とレオ様がいかに仲睦まじい姿を見せる、ということですわ。きっと、それだけでも噂を払拭するには十分だと思いますもの。

そう思いながら、当日どうすれば仲睦まじく見えるのか考えていると、レオ様がふと何か考えついたかのように、私に聞いてきました。

「今日は何か用事があるのか？」

今日の予定は、領地内で前回行けなかったところに行ってみようか、と考えていたくらいで、決まったものはありません。首を横に振ると、レオ様はそうか、とだけ言って再び何か考え込むように黙り込んでしまいましたわ。

どうしたのでしょう？　これは、予定がある、という答えを言うべきだったのか……ですが嘘をつくのも違いますわよね？

そう思っている間にも、レオ様は顎に手をあてて、何かを考え込むようにして固まっています。その姿もカッコいい、といって呑気に眺めているのが一番平和的な、望ましい反応なんでしょうけど、流石に気になりすぎてソワソワとしてしまいますわ。

……レオ様が黙り込んでしまって五分ほどが経過したでしょうか？

「ど、どうしましたの？　私が何か変なことでも言ってしまったとか……」

流石に痺《しび》れを切らした私が尋ねると、レオ様は真剣な顔をしたまま、私の方を見てこう言いました。

「急で悪いんだが、今日籍を入れてしまうのはどうだろうか、と思ってな」

「えぇ!?　き、今日ですか!?」

何のムードもない状況でプロポーズをされた形になった私は、驚きのあまり、可愛げのない返事をしてしまいましたわ。本当は可愛らしく、喜んで、と返事をするのが正解でしょうけど、この状況でその言葉は想定外すぎて……

まだ混乱している頭の中を整理しながら、レオ様に尋ねます。

「なんで急にそのような話になりましたの？」

「いや、カンナの件も考えたら早く籍を入れてしまった方が良いと思ってな」

あまりにもサラッと当然のように答えたので、確かに、と頷くことしか出来ませんでした。

そんな私を見て、レオ様はニッと笑います。

「式を挙げたい、というんだったら用意するけど、籍を入れてしまったら誰も俺たちの間には入って来れないだろう？　シャルロットもそっちの方が安心できるんじゃないか？」

確かにレオ様の言うことは一理あって、夫婦という関係になってしまえば、他の女性が間に入ってきたとしても私よりも繋がりは弱い、ということになりますし、個人的にも安心感があります。

レオ様はカッコいいですし、安心出来る何かがあった方が嬉しい、というのは本音ですわ。

ただ、一つ気になっていることが……

「そ、それってあれじゃないですわよね？　愛人として早く他の子を呼ぶために籍を入れ……」

「それはありえん！　もしそんなことをしたら俺が有責で慰謝料を大量に払ってやる」

私の質問に被せるように否定したレオ様は自信満々で、疑いようのないくらいハッキリと否定してくれましたわ。ここまで言ってもらいながらまだレオ様を疑うのは逆に失礼になる、と思った私はわかりました、と頷いて続けます。

「確かに、レオ様の言っていることは納得できますし、私もその方が安心できる、と言いますか、夫人なんだから、と自信を持てるのでありがたいですわ」

一応あれはプロポーズで合っていたみたいで、レオ様はなんだかホッとしたような表情に変わりましたが、私としては綺麗な景色を見ながらロマンティックにプロポーズを……なんて期待をしていたので……いや、プロポーズも無しに結婚する人もいるのに我儘なんて言っていられませんわね。

色々と不満が頭の中を過《よぎ》りましたが振り払って、レオ様に向き直ると、私が真剣な顔をしていたからなのか、急に背筋をピシッと伸ばして、しっかりと座り直しました。

大きく息を吸って、レオ様の目をしっかりと見て、手に指輪ー……はないので仕方ありませんが頭の中で想像だけして、レオ様にこう言いましたわ。

「レオ様、私と結婚してくださいませ」

改めて私が言う必要はあるのか、と思われるでしょうけど、こういうのはしっかりとプロポーズがあったんだ、というのを残した方が良いと思いましたの。

私の言葉にレオ様は、一瞬だけ目を見開いた後に、はは……っ、と笑みを浮かべます。

「それは俺の言うセリフなんだけどな」

そう言って、私のことを思いっきり抱きしめてくれましたわ。

その後は、とんとん拍子という言葉がピッタリと当てはまるほど本当に一気に話が進みました。

結婚というのは、式が大変なだけで、結婚すること自体は簡単に終わりますのね。

役所から婚姻届けを持ってきて、必要事項のところを記入して、提出するものは少しあるとはいえ、一日で簡単に受理してもらえましたわ。なので、結婚したという実感が全くありませんわ。

なんて思いながら、執務室でレオ様の仕事している姿を見ていると、私の視線に気付いたのか不思議そうな顔をしています。

レオ様が旦那様……旦那様ってなんだか小恥ずかしい響きですわ、なんて思いながら、あながち嘘でもない誤魔化し方をします。

「結婚したという実感が湧かないな、と思いまして」

そう言って苦笑すると、これにはレオ様の方も苦笑して頷きましたわ。

「まぁ、確かにそうだな。俺も結婚したんだ、という実感がないし」

これも仕方ないですわよね。大きな式を挙げたわけでもありませんし、愛を誓ったのか、と聞かれても違いますし……と言っても、籍を入れた、という事実は私にとって物凄く大きな一歩ですけど。

そう思いながら、机に向かっているレオ様に、今は何の仕事をしているのか聞いてみましたわ。

今まですっかり忘れていましたが、レオ様は私に領地のことは任せる、と言っていました。もし本当だとしたら、どのような内容で、どのような判断をしているのか、などレオ様の話を聞いておきたいと思いつきましたのよね。

私の質問にレオ様はハッとした表情をした後、近くに来るように、と手招きしていますわ。

「そういえば、まだこっちの方は話をしていなかったな。丁度いいから今教えようか？」

ちなみに、今の私がいる位置は机を挟んでレオ様の座っている目の前、という状況なので、別に近くに行かなくても見えるんですが、同じ視線で教えたい、ということなんでしょうか？

「本当ですの!?　ぜひお願いしたいですわ！」

そう言ってレオ様の隣に立つと、なぜかレオ様は少し不機嫌そうな顔をなさいました。

「す、すみません……少し近かったでしょうか？」

なるべく作業がしやすいように、距離をとりましたわ。当然ですがあまり近すぎると読むのは良くても書くときに邪魔ですものね。私の配慮が足りなかった、と思っているとレオ様は急に私の両脇に手を入れて持ち上げると……自分の膝の上に座らせてきましたの‼

「ここで良いだろ」

そう言うと、言った後に恥ずかしくなったのか、私から目を逸《そ》らしてしまいましたわ。

レオ様の膝の上に座った私は、恥ずかしいやら戸惑うやらでなんだかわけのわからない感情になっていますわ。ただ自分でもわかるほど頬が熱くなっているのがわかります。

とりあえず、視線をレオ様に向けると、あまりにも慣れた手つきで膝の上に乗せた割には私と同じくらい顔を真っ赤にしています。二人揃ってこんな状況では気まずいですわね、なんとか降ろしてもらいましょう。

「れ、レオ様……これは少し恥ずかしい……ような気がしますわ」

「い、言うな！　それを言ったら終わりだ」

さり気なく膝から降りようと試みましたが、レオ様が、顔を赤くしながらも私の腰をしっかりと掴んでいます。

こ、これは……パートナーに腰を抱かれることは、パーティーの時によくあることではありますすが、それとはまた違いますわ……

「戸惑っている私とは違ってレオ様はとにかく気を紛らわせたいみたいで、「と、とにかく、説明をするからしっかりと記憶しておくように」と言うと、約束通り領地の管理について説明をしてくれました。

まず、国に納める税金について。

この領地では、基本的には農作物の収入が多い、というのを前提として、農民が大多数である領民達の給料管理の元締めをレオ様がしているんですって。

領地内の農民同士で貧富の格差が出ないように、と先代が考えたらしいですわ。つまりレオ様が管理しているのは領地内の税金と、農家の人達のお給料、そして、自分の従者達の給料ということですわね。

想像していたよりも多岐にわたって管理しているので、これは慣れないと大変かもしれませんわ。

そして次は、今一番の問題になっていること……と言えば少し大事のように思えますが、領地とそれ以外の場所の関係性について、どうしようか、と悩んでいることがあるみたいですわ。

それが、遠征の頻度に関して。

これはレオ様が中心となって決めるはずなので私は手を出すことがないと思いますが、頭の中に入れておく、という感じのことです。

その中で知ったのですが、王都からこの領地に来る書類関係は、基本的に遠征といいますか、隣国が攻めてくるという噂だから様子を見て欲しい、とか、そういうお願いが多いみたいですわ。まぁ、お願い、なんて可愛らしいことを言いましたが、命令なので断ることは出来ないみたいですが。……あ、つまりこの『お願い』が必要以上に多いんですのね？　どうにかなるならどうにかしませんと。

最後が領地内の問題に関して、ですわね。

これは本当に色んな事がある、とのことなので、レオ様から自分が不在の間は全て私に任せる、という言葉を頂きましたわ。

……とまぁ、これほどまでに真面目な話をしていたわけですが、当然のように私はレオ様の膝の上に乗ったまま、ですわよ。

なので、話は凄くわかりやすくて理解は出来ましたが、なんだかソワソワして気が気ではなかったですわ……レオ様は慣れてしまったのか、最初は戸惑っていましたが、今では特に気にすることもなく、いつも通りの表情で話を進めていますわ。

これぱっかりは経験の差、みたいなものなので考えても仕方がない事なのかもしれません。チラッとレオ様を見ると、私の視線には気付いていないみたいです。

「さて、これで大体の話は終わったが、何か質問はあるか？」

「いえ……質問は特にありませんが……そ、そろそろ膝の上から降ろしていただけると嬉しい、とは思っていますわ」

タイミング的に今しかない、と思った私はなんとかレオ様にそうお願いします。

「そ、そうだな。話も終わったし……もう良いか」

そう言って、ゆっくりと私を下ろしてくれたので、すぐさまレオ様の正面にある、元々座っていた椅子に座り直すと、なんだか急に恥ずかしくなってきて、部屋の中がなんとも言えない空気になってしまいました。ただ、このまま黙っておくわけにもいきません。

「えっと……明日のパーティー？　はここで行いますのよね？」

尋ねると、レオ様が頷いたので一つ私からお願いをしようとレオ様に向きを変えます。

意図が伝わったのでしょう。レオ様も真剣な顔をして向き合ってくれましたわ。


こうして迎えた次の日。

予定通り、お屋敷の広間では、領民のほとんどが集まっているんじゃないか、と思うほど、沢山の人が集まっていて楽しそうにお話をしています。その中でも、会話の話題としてあがっているのは今回の遠征は今までにないくらい早く終わった、ということでしたわ。

流石に私が倒れてしまったから、という理由までは知らないみたいですが、皆不思議そうに話をしていて、少し申し訳なく思ってしまいますわ。

そう思いながらグルっと会場を見渡すと、皆お酒を片手に楽しそうにしていますわね。

普段から立食のパーティーだ、とは聞いていましたが、あの後色々と話し合いをして、立食パーティーにあると嬉しい食べ物や飲み物をピックアップしましたの。

レオ様は元々、貴族のパーティーには参加をしない人なので、そのような知識が疎《うと》いだろう、という想定してのことだったんですが、話をしていくうちに疎《うと》いどころか全く分かっていない、ということが判明しました。立食だ、と言っているのに、今までは気軽に食べられるものがほとんどなく、しっかりとナイフを使う食べ物ばかりだったんですのよ！　飲み物に関しては特に問題はありませんが、大人はお酒しか飲まない、と聞いた瞬間ゾッとしましたわよ。下戸の方だっていらっしゃるでしょうに。

昨日のことを思い出しながら、用意した料理を嬉しそうに取りに行く領民たちを眺めていますと、隣にいるレオ様が声をかけてきました。

「ところで……本当にこの服で良かったのか？　もっと良いドレスを着た方が……」

何か落ち着きのなさそうな顔でソワソワとしているみたいですわ。

普段のレオ様の服は動きやすさを重視した、白いシャツに黒かグレーのストレートパンツ、というシンプルなものが多いのに、今日はしっかりと正装で、ジャケットまで羽織っています。

そんなレオ様にニッコリと微笑んで小さく頷くと、思った通り会場の中で私達が一番目立っているみたいで、色んな所から視線を感じますわ。

それもそのはずで、領民の人達は綺麗なワンピースを着ている中、私はレオ様が今着ているジャケットとお揃いの刺繍が施されているドレスを着ています。

そんな私たちを羨ましそうに見る人、興味津々に見つめてくる人、そして……

「レオン様の隣に立っている人、王太子の婚約者だったのに問題を起こしてここに来たらしいのよ」

「えぇ……見た目だけだったら完璧なのにね」

嫌な噂も聞こえてきますね……私に聞こえている、ということはレオ様にもしっかりと聞こえているのがわかっているんでしょうか？　もう少し考えて言葉を発するべきだと思いますが……もう遅いですわよね。

会場の色んなところから、私の悪口を言っている人たちがいます。当然ながらレオ様の耳にもその声は届いているので眉を顰《ひそ》めていますわ。

「もしかして、町に出た時もこんな感じだったのか？」

正直な話、レオ様にも噂は耳にいれておいて欲しかったので、良いタイミングだと思ったことは内緒にしておきましょう。だって、意地の悪い女だと思われるのは嫌ですもの。

「いえ、その時はここまであからさまな態度ではなかったですわ」

それだけ言って、少し悲しい表情を浮かべながら、チラチラと私達の方を見ながら話をしている人たちを眺めましたわ。

こうやって改めて見ると私の悪口を言っている人は皆若い人達で、おそらくは私と同じくらいの年齢ですわ。

その人たちを見ていると……言って良いのかわかりませんが人の悪口を言っている人というのは悪口を言わない人と比べると醜い顔をしていて、顔は笑っているのにどこか嫌な笑みをしています。

私はこのような顔になりたくないものですね。

「当たり前みたいな顔をして隣に立ってるけど、婚約だって王令で決まっただけよね」

それはもう聞こえやすいほどの大きな声で、いや私に聞こえるように話をしているのが耳に入ってきましたわ。これには咄嗟《とっさ》にレオ様の顔を見ると、王令で、という言葉に反応したのか、あからさまに顔をしかめたのがわかりました。

確かに結婚は王令で決められたことになっているので噂を否定することは出来ませんが、どこで聞いたのか、と疑問に思いますわ。確か、前にカンナさんと町で会った時も同じことを話していましたが、その時はカンナさんしか知らなかったみたいで、話を聞いていた周りの人もざわついていましたわよね？

私が寝込んでいる間に誰かの手によって噂が広まってしまった、ということになりますが……

「あー、それ私も聞いたわ」

「確か、カンナが色んな人達に言いふらしていたよね」

「まぁ、カンナが……という時点で信用していいのかわからないけど」

「それは確かに」

いかにも噂好きそうな女性二人は、そう話しながら私達の傍から離れていきましたが、当然レオ様も私の隣でこの話を聞いていますわよ。

今は彼女たちの話を聞いて、固まってしまったかのように動かなくなってしまっています。

レオ様のお人柄からして、こんな話を聞いてしまった以上、一刻も早くどうにかするしかない、などと考えていらっしゃるのでしょうか……？

なんて思っていると、レオ様は私の腰から手を離して、スッと私の手を取りました。

「ちょっと移動するぞ」

それだけ言って、どこかへ移動を始めましたわ。

向かっている方向は……壇上でしょうか？

遠征で活躍した人を表彰するためにある、とは聞いていますが……もう表彰の時間だということでしょうか？　レオ様に連れられて壇の上に上がると、皆何事か、と思っているのか私達の方に視線が集中していますわ。

カンナさんは、と思って辺りを見渡してみましたが、どこにいるのか全くわかりません。黒い髪の毛の人は会場の中だけでも大人数いますし、探すのは困難ですわ。

とりあえず隣で大人しくしているべきだ、と思った私はレオ様の一歩後ろで、手を前に組んで待機していることにしました。

すると、レオ様が、すぅ……と大きく息を吸ったのが聞こえてきましたわね。

なんだか緊張しているような気がしましたが、レオ様の表情は斜め後ろにいるので全く見えません。

一体何を話すのか……そう思ってレオ様の言葉を待つと、皆を見渡すようにしながら、話を始めましたわ。

「本来なら、俺がここに立った、ということは表彰が行われると思っただろう。だが、その前に皆に話しておくことがある」

お話、ですか。きっと遠征に行った兵士たちに労いの言葉でもかけるんでしょう、と呑気に思いながらレオ様の背中を眺めていると、レオ様は急にスッと私の隣に来ました。

「ここにいる、俺の妻であるシャルロットのありもしない噂が領地内に広まっているが、それは基本的に全て嘘だ」

そう言いながら、私の腰にレオ様の左手をそっと置きました。

すると、一部の人達の表情が一気に凍りついたのが見えましたわ。中には悲鳴を上げてしまうような人も数人いて、少し複雑な心境ですが、それほどまでに、レオ様が慕われているんだ、ということがわかります。

一瞬レオ様の言葉に会場中がシーンと静まり返っていましたが、前の方で様子を見ていた女性たち数名が一気に捲《まく》し立て始めました。

「で、ですが、カンナとの愛を誓ったんですよね⁉」

「私もそう聞いています！」

「近々結婚する予定だったのに、王令のせいで予定が狂った、と聞いていますよ！」

彼女たちが勝手に話を始めたことで、会場が一気にざわつき始めましたわ。

壇の上に立った時は人の多さに探し出すことは出来ませんでしたが、カンナさんはあの人たちの近くにいるのでは、とレオ様に質問している女性たちの周りを集中して見てみました。

すると、主にレオ様に対して騒いでいる二人から少し離れたところにカンナさんがいました。女性たちの言葉に何度も頷きながら、わざとらしく目に涙を浮かべている姿が目に入って来ます。

私でも気が付いた、ということはレオ様の方が先にカンナさんを見つけていたのかもしれません。ですがレオ様はカンナさんに一度も視線を向けることはありません。

「カンナと愛を誓い合っただと？　なんで俺が自分の領民に手を出さないといけないんだ？」

大きくため息をつきながらそう言う姿は、誰がどう見ても嘘をついているようには見えませんわ。

「で、ですが、カンナが……」

一人の女性がレオ様に対して必死に訴えかけるように言葉を発しましたが、レオ様は冷たい目で見ると物凄く迷惑そうな顔でこう続けましたわ。

「カンナ、か……俺の妻に対してもありもしないことを言っていたみたいだけど、お前ら、一度でも俺とカンナがイチャイチャしているのを見たことがあってそう言ってんのか？」

これほどまでに嫌そうな顔をする人は見たことがないですが、カンナさんは、こんなレオ様の顔を見て何を思っているのでしょう。さっきまで泣き顔を作ってまで噂を増長させるような真似をしていたのに、今は下を向いていますわ。

レオ様に声をかけてきた人たちもさっきまでの勢いは明らかに無くなって黙り込んでいますし、ここまでハッキリと否定されるとは……とでも思っているんでしょうね。

さて、女性五人が言い返せないのを確認したレオ様は冷たく言い放ちます。

「ないよな？　だって、俺もカンナとそんな関係になった記憶がないから当然だ」

再び大きくため息をついて真ん中にいるカンナさんを思いっきり睨みつけると、何を思ったのかカンナさんは凄い形相で私のことを睨みつけてきましたわ。

ただ、私を睨んできたのは本当に一瞬で、すぐにレオ様の方に向き直ります。

「で、でもレオン様は私と結婚してくれるって言っていたじゃないですか！　覚えていないんですか!?」

目に涙を浮かべて、さも自分は被害者だ、とでも言わんばかりにレオ様にそう言ったではありませんか。

確かに、カンナさんは私にもレオ様と結婚の約束をした、と話していました。気になっていた私も反射的にレオ様の方を見ると、特に戸惑う様子もなく、冷たい視線のままカンナさんのことを見ています。

「全く記憶にないな」

吐き捨てるようにそう言い放ちましたわ。

当然ですがカンナさんがそんなレオ様の言葉で諦めるわけもありません。

「酷いっ！」

目に大粒の涙を浮かべながらも、チラチラと上目遣いでレオ様の様子を窺《うかが》っています。

これは……なんだか見たことがあるような光景ですわね。私の立場が色々と違いますが、カイン様から婚約破棄をされたときのような……ああ、もしかしてカイン様が私に求めていた態度ってこれでした？　頼まれてもお断りですけど。そう思うとカンナさんからはリリア様と同じような雰囲気を感じますわね……と考えていると、次のカンナさんの言葉に私たちだけではなく会場中が一気に凍りつきましたわ。

「私が五歳の時に、レオン様が結婚してくれる、と約束してくれたのに……」

……え？　え？　えっと……私の聞き間違いとかではありませんわよね？　確かにカンナさんは、十五歳、とかではなく、五歳の時、と言いましたよね？

私が想像していたことと全く違っていたので、思わず隣にいるレオ様と、内緒話の声量で話し合います。

「ま、まさか、今までずっとカンナさんが五歳の頃のことを聞かされていましたの？」

「い、いや……俺もまさかそんなことだとは思っていなかった。確かに子ども相手のままごとでも絶対に言わなかったか、と聞かれるとちょっと自信がないな……」

流石に想定外だったようで動揺が隠せない、という様子ですわ。

それはこの会場で話を聞いている人たちも同じで、ザワザワと騒ぎが大きくなっています。さっきまでカンナさんを心配したような目で見ていた人も、今ではカンナさんに冷たい視線を向けていますわ。

ですが、カンナさんはそんなことを気にする様子もありません。

「結婚してくれるんですよね！　だから私、レオン様がプロポーズしてくれるのをずっと待っていたんですよ？」

堂々と、何の恥ずかしげもなく熱弁したカンナさんは、レオン様が自分の元に来てくれる、と信じているのかうっとりとした顔をして頬に手を当てていますわ。

一方、カンナさんの周りには、今までになかった空気が出来上がってしまっていますわね。最初に文句を言ってきていた女性五人は、いつの間にか後ろの方に逃げていて、今では会場の後ろの方でコソコソと何かを話している姿が見えますわ。きっとカンナさんに騙されていた、とでも話しているのでしょう。

そんな中、会場の異様な雰囲気が全くわからないのか、カンナさんは血走らせた目をしながら、私とレオ様が立っている壇に向かって手を伸ばしてきました。

「レオン様！　そんな邪魔な女は捨てて、私の所に来てください！」

いくら壇上にいるとはいえ、カンナさんの姿に恐怖を感じた私は、思わず一歩後ろに下がります。

隣にいたレオ様は私とは真逆で、何か一言呟いた後に一歩前に出ましたわ。

一瞬、レオ様は場を落ち着かせるためにカンナさんの方に行ってしまうのか、と思いましたが、レオ様の顔を見ると明らかに違うことがわかりますわ。だって、レオ様は誰が見ても怒った顔をしていたんですもの。

これには流石にお花畑のような発言をしていたカンナさんも気付いたようで、レオ様が一歩前に出た時は、目をキラキラと輝かせていましたが、「れ、レオン様？　どうしたんですか？」と不安そうな顔をしてレオ様の様子を窺っていますわ。

「シャルロットを邪魔者扱いなんて、随分と良いご身分だな」

「な、何を言っているんですか？　私と結婚するんだったらその女なんて邪魔でしょう？　本当のことを言っただけです」

カンナさんも諦めることはなく、口では強気なことを言って必死に笑顔を作っていますが、その笑みはレオ様の気迫に負けて引きつっていて顔色は真っ青、カンナさんの自業自得とはいえ見ている私の方が胸を痛めてしまいそうです。

ですが、レオ様はそんな優しさは持ち合わせていなかったみたいで、カンナさんに対して容赦なく、黙れ！　と一喝すると、会場を見渡してハッキリとした口調でこう言いましたわ。

「皆にもハッキリ言っておこう。シャルロットは正式に俺の妻になっている。つまりどういうことか、わかるよな？」

レオ様がそう言った途端、会場が一気にざわつきましたわ。

それも無理はありませんわ。噂では「結婚させせられる」ということまでで、まさか既に籍を入れているとは思ってもいなかったのでしょう。その証拠にカンナさんは、あれほど煩《うるさ》かったのに、今では魂が抜けてしまったかのように大人しくなりましたわ。

それに、最後までは言いませんでしたが、レオ様の言葉がどういう意味か、会場にいる全員が理解してくれたのでしょう。私の悪口を言うことは、既に、辺境伯夫人に楯突くことになる、ということを。今まで私に対して冷たい視線を向けていた人や、カンナさんに便乗していた人達は都合の悪そうに目を逸《そ》らしていますわ。まぁ、そのような人たちよりレオ様と私の結婚を喜んでいる人の方が多い、ということだけは幸いですが。

皆がレオ様の結婚を喜ぶ中、壇の下にいるカンナさんは呆然とした顔をして、今も信じられない、といった様子でブツブツと呟いていますわ。

「だ、だって、レオン様は私と結婚するって……だから私も今まで誰とも付き合わなくて……」

確かに可哀想ではありますが、誰とも付き合わなかった、というのもカンナさんの意思ですし、レオ様が止めたという事実もないのに人のせいにされても……

「それと、カンナ。悪いがこんなことをされてパーティーの参加を認めるわけにはいかない。家で大人しくしているように」

呆然としているカンナさんにレオ様は冷たくそう言うと、パンパンと手を二回叩きました。

すると次の瞬間、会場の端の方で待機していた兵士たちが一斉にカンナさんのことを取り囲んでカンナさんの両脇を抱えましたわ。これには流石に自分で歩かせてあげて……と言いそうになりました。

「ま、待って！　待ってください！　レオン様！」

カンナさんは会場から出て行きたくないみたいで、そう言って必死に壇の端の方に縋《すが》りついていますわ。

ただ、そんなカンナさんに対して、レオ様は顔をしかめたかと思ったらすぐに追い出すよう兵士たちに指示を出してスッと私の隣に戻ります。流石のカンナさんも諦めたみたいで、膝からがっくりと崩れ落ちてしまいました。

兵士たちはそんなカンナさんを引きずるように会場を出て行きましたが、当然会場の中はレオ様の機嫌を窺《うかが》うように静まり返っていますわ。

カンナさん……これほどまでに大事《おおごと》にしたにも関わらず、周りの人達にデマの情報を流したと知られた挙句《あげく》、皆の前で好きな人に否定されて……きっと領地内で暮らしにくくなるでしょうね……

そう思いながらカンナさんがさっきまでいた場所をジッと見つめているとレオ様の言葉が聞こえました。

「さて、せっかくの祝いの場がこんなことになってすまない。ただ、シャルロットのことを悪く言われて良い気がしなくてな」

そう言ったレオ様は私の方を見て優しく微笑みました。きっと私も暗い顔をしていたでしょうし、会場の雰囲気も良くしようと思ってのことでしょう。

領民たちも、そんなレオ様の考えを察してくれたみたいで、一人が「レオン様ー！　おめでとうございます！」と声を上げると、少しずつですが、祝う声が大きくなっていきました。

「おめでとうございますー!!」

「シャルロット様！　レオン様をよろしくお願いしますね！」

「レオン様！　おめでとうございます！」

こんなふうに次々に祝いの言葉を私達にかけてくれましたわ。

照れくさくもありますが、やっぱり皆にお祝いされるのは嬉しいですし、何よりもレオン様が結婚したということが、領民たちにとって喜ばしいことなんだ、と改めて伝わってきます。

そんな中、しっかりと聞こえるかどうかはわかりませんが、なるべく大きな声で返しました。

「ありがとうございます」

近くにいた人達にはしっかりと聞こえたみたいで、ニコニコとしながら私のことを見てくれました。これには、無意識に私の頬も緩んでしまいますわよね。

領民たちの声に、私も笑顔で手を振っていると、レオ様が声を張り上げます。

「では、早速だが表彰式に移ろうと思う。今から名前を呼ばれた奴は壇の上に上がってくるように！」

会場の歓声が今日で一番の大きさに変わりましたわ。

その後、表彰式は終始盛り上がりました。私としては、人の名前も顔も全く分からない中のことなので、ただ眺めているだけだったんですが、皆が嬉しそうに壇上に上がってくる姿を見ていると、私まで嬉しくなりました。

中には、レオ様の隣に私が立っているにもかかわらず、「今回の遠征、レオン様の様子がおかしかったのは夫人のせいだったんですね」とにこやかに告げていく人や「レオン様！　子供は早い方が良いですよ！」なんて嬉々として言う人もいたので驚きましたが、基本的にそのような人達はレオ様に頭を叩かれていました。皆楽しそうだったのが印象的でしたわ。それに、貴族のパーティーのようにダンスの時間がなかったので、久しぶりのパーティーの割には全く疲れませんでした。ドレスも、普段より軽いものでしたし、こんなに気楽なパーティーは初めてでしたわ。そう考えると、辺境の人が王都側のパーティーに参加しないのもなんだか納得してしまいますわよね。

そう思いながら、パーティーも終わって皆が解散した後、私達は部屋に戻ってきた……のは良いのですが。

「どうしたんだ？　そんな可愛くない顔をして」

レオ様はそう言うと、不思議そうな顔をして私のことを見ていますわ。

ですが、これぱかりは仕方のない事だと思いますの。だって、これを見ると私と同じような顔をすると思いますもの。

そんな中、さも当然のように私の部屋のベッドで寝ころんでいるレオ様に私はこう言いましたわ。

「えっと……なぜ急に部屋が一緒になったのか、教えて欲しいなぁ、と思うのですが……」

私が驚いた理由、それは昨日まで別々の寝室で寝ていたのに、パーティーが終わって部屋に戻ると急に部屋が変わっていたからですのよ。

今までは、一人で生活するには十分の大きさのベッドに家具、クロ一ゼット、机に椅子、という部屋でしたが、パーティーから戻ってくるとキングサイズのベッドにタンス、机のサイズは一回り大きくなっていて、椅子も一脚しかなかったのに、今では四脚になっていますわ。

それに、部屋の雰囲気もガラッと変わってシックな落ち着いた雰囲気の部屋になっていますわ。落ち着いて見ると前に使っていた壁紙やクローゼットがあるので、カーペットや家具を一気に変更しただけだとわかりますが、ここまで雰囲気が変わると別の部屋のようですわ。

「そんなの夫婦になったんだから当然だろう」

部屋の中を確認している私に、レオ様はさも当然のように言ってきましたが、これには流石に叫んでしまいましたわ。

「そのようなことは私にも相談して欲しかったですわよ!?」

確かにレオ様の言っていることはわかりますし納得が出来ますが……その、レオ様は初めて会った時から距離感がおかしいですわよね。頭を撫でたり顔の距離が近かったり、それに……膝の上に座らせたり。レオ様の考えが全く分かりませんわ。

そう思いながらも、ベッドは一つしかないのでレオ様の隣に横になりましたわ。

そして迎えた次の日です。当然と言って良いのかはわかりませんが、昨夜は何もなく普通に眠りにつきましたわ。一応結婚した日の次の日の夜、ということで初夜的な何かがあるのが普通だとは思いますが……い、いや！　別に残念だ、なんて思ってはいませんわよ？　それが一般的な話だ、というだけですわ。

なんて思いながら、頭をブンブン振っていると隣で寝ているレオ様が視界に入って来ました。

初めて会った時からずっと思っていましたが、レオ様のまつ毛って長くてしっかりとカールしていますの。目元だけを見ると、まるで女性なのでは？　と思ってしまうほどで、ち、ちょっと……触ってみたりしたら怒られるでしょうか？

そう思いながらそっとレオ様の目元に手を伸ばして、あと数センチでまつ毛に触れる、というその時でしたわ。

寝室の扉が勢いよく、バンッ、と開きました。

「おはようございまーす！」

声を張り上げたリーシャが部屋の中に入ってきました。

驚きのあまり伸ばしていた腕も反射的に引っ込めてリーシャに挨拶をしましたが、今の挨拶は普段通りだったか、と不安になってしまいますわ。

だって、リーシャはなぜかジーっと私を上から下まで舐めるように見た後に挨拶を返してきたんですもの。な、何か変だったでしょうか？

そう思っていると、部屋のカーテンを一通り開け終えたリーシャは、次に私の隣で寝ているレオ様の体を慣れたように叩きます。

「起きてください！　レオン様ー！　朝ですよー！」

そう平然と言うリーシャに、舌打ちと共にレオ様が体を起こします。

「あのなぁ……なんで折角シャルロットと寝たのにお前の声で起きないといけないんだよ。籍を入れたばっかりなんだぞ」

そう言って苛立ったように頭を乱暴に掻《か》くとリーシャさんを思い切り睨みつけましたわ。

レオ様に睨まれたリーシャは、あからさまに顔を引きつらせながら「す、すみませーん！」と逃げる様にベッドから離れます。そして今からサティが来るはずなのに、なぜかリーシャが私のドレスを選び始めましたわ。

今日はサティが非番の日かしら？　まぁ、辺境に来てからずっと私と一緒にいましたし、たまには休みも必要ですが……やっぱり寂しいですわね。なんて思いながら、再びベッドに潜り込んで寝ようとするレオ様に声をかけます。

「レオ様、そろそろ起きないと朝食に遅れてしまいますわ」

その言葉に返事はしてくれるものの起き上がる気配は全くありません。

こうなったら私だけでも先に準備をしようと、立ち上がるために足に力を入れようとしましたわ。

すると急にレオ様の方から腕が伸びたかと思ったら、その腕は私の腰のあたりをしっかりと掴み、グイっとレオ様の方に引き寄せました。

ベッドの中に入っているにもかかわらず、信じられないくらい力が強くて、体が一気に動いたので思わず悲鳴を上げると、レオ様はついさっきまで不機嫌そうにしていたのに「もう少し……」と優しい声でそう呟いて、私の太もものあたりに顔を埋めてー……

「あ、あの！　レオ様⁉」

な、なんだか一気に恥ずかしくなりましたわ。

ど、どうしましょう……流石に振り払う訳にもいきませんし、でもまだ部屋の中にはリーシャが……そう思った私は、反射的にリーシャの方を横目で見ると、き、気のせいでしょうか？　今リーシャの目が凄く鋭かったような気が……

そう思って改めてリーシャを見るとクローゼットの中を物色しているのが見えました。しっかりとは見ていませんしやっぱり私の気のせいだったんでしょうか？

なんて思っていると、リーシャの方から「シャルロット様、今日のドレスはこれで良いですか？」という声が聞こえてきました。

「へっ⁉　え、えぇ、それにしてちょうだい」

随分間抜けな返事をしてしまいましたわ。

リーシャの表情もいつもの明るい笑顔ですし……やっぱり私の見間違いみたいですわね。

と、とにかく、今は私の腰に抱き着いているレオ様をどうにかしないといけませんわ。

そう私が思ったのとほぼ同時くらいに、レオ様は、はぁ……と大きなため息をついて「……シャワーに行ってくる」と部屋を出て行きました。なんだか情緒不安定ですわ。不機嫌になったり機嫌がよくなったり……何かあったのでしょうか？

しかもなぜかレオ様に続くかのようにリーシャが「ではサティもそろそろ来ますし、私は食堂の方へ向かっていますね」と部屋を後にします。

入れ替わるかのようにサティが部屋に入って来ました。そして私の姿を見ると不思議そうな顔をしていますわ。

「あれ？　まだ着替えていなかったんですか？　ついさっきまでリーシャさんがいたのに……」

私の近くには、しっかりと今日のドレスや靴、アクセサリーの準備が終わっているので、余計に疑問に思ったらしく、サティは首を傾げてついさっきリーシャが出て行った扉の方を見つめています。

まぁ、私も同じ気持ちですわ。サティが休みだからリーシャが来たとばかり思っていたのに、着替えもせずに出て行ってしまったんですから。

ただ、それをサティに言っても何も変わらない、ということで、とりあえず急いで準備をして食堂に向かうことにしましたわ。

私が食堂に到着すると、既にレオ様と従者たちが待っていてくれて、当然ですがその中にリーシャの姿も発見しました。

正直、さっきのことを聞きたいという気持ちはありましたが……ここはグッと堪《こら》えてレオ様の正面の席に座ると、それが合図かのように皆が一斉に食事を開始しましたわ。

今日も和気藹藹《あいあい》と食事を楽しみながら、レオ様と話をしていると急に「あー……これは先に言っておいた方が良い事だな」と前置きをして真剣な顔をしてこう言いました。

「来週の祝日、王都でパーティーがあるらしい。普段は招待状も来ないんだが、今回はなぜか我が家にも届いたから参加しないといけなくなった」

王都でパーティーですか……辺境伯は忙しいということで、招待状が送られてくることは滅多になかったはずですが、もしかして、私がいるからわざわざ招待状を？

ですが、この時期に開くパーティーでレオ様まで参加しなければいけないパーティーなど思いつかなかった私は何のパーティーなのか聞いてみることにしました。

「……確か、第一王子の生誕パーティーじゃなかったか？」

そう言ったレオ様の顔があまりにも険しくて、なんだか申し訳ない気持ちになりましたわ。

そして、レオ様からパーティーの話を聞いて一週間が経過しました。

そう、つまりパーティー当日ですわね。

私たちは既に王宮に到着して、今は王宮前の馬車置き場で私たちの入場まで待機している最中ですわ。当然私たち以外の参加者も同じ場所で待機しているのですが……明らかに去年より人数が少ない気がします。まだ時間は余っていますが、それでも去年の三分の二ほどしか到着していませんわ。

馬車の中から外の様子を見ていたレオ様は、違う感想を抱いたようですが。

「貴族というのはこんなに多いんだな……」

「これでも去年と比べたら少ないですわよ。やはりリリア様との婚約が貴族達の不信感を生んでしまったんでしょうね」

私の言葉にレオ様は、ほう……と小さく息を吐いた後に眉間に皺を寄せてそう質問してきました。

「そのリリアとかいう令嬢は一体どんな奴なんだ？　前にシャルロットが話してくれた騒動の件で、初めて聞いた名前だが……」

リリア様がどんな令嬢か、ですか。

レオ様からすると、たった一人の令嬢のせいでここまで国がめちゃくちゃになるなんて、一体どのような人なのか、という感じなのでしょう。

正直私も考えるのが面倒で「リリア様だから」で片付けていたところもありますが、確かにおかしいといえばおかしいのですよね。

「リリア様のご実家自体、割と新しい家で、成金貴族か、陛下に評価されたのか、少なくとも私が親しくしていたお家の方々は、誰もわからないんですの」

わからない、というよりも、こんな事態になるまでは歯牙にもかけなかった、が正しいですわね。

「そんな家が王太子と婚約できるわけがないだろう。確かに周りからの反感が凄いだろうな」

そう苦笑して再び外に視線を向けていたレオ様が、とある馬車を指さしました。

「お、あれはアルトの乗っている馬車じゃないか？」

私もレオ様の言葉で外を見ると、確かに我が家……ではなく公爵家の家紋がしっかりと入った馬車が、私たちの乗っている馬車の斜め前に止まりました。

ちなみに、レオ様はここに来る前に私の家族に挨拶済です。アルトがとても懐いていたので、レオ様もあの子に親しみを持ってくださっていて、『シャルロットの実家の馬車』ではなく『アルトの乗った馬車』と言ったのでしょうね。

「アルトの婚約者も参加するんだよな？　どんな令嬢なんだ？」

レオ様はふと思い出したかのように言って再び私の方に向き直りましたわね。

アルトの婚約者について、ですか。

当然ですが、私も結構な回数会ったことがある令嬢ですし、パーティーや学園で会った時には必ずお話をするくらいには仲良くしていましたわ。

ですが、どんな令嬢なのか、と聞かれると難しいですわね。私から見るとアルトと似た者同士という印象なのですが、知り合って日が浅いレオ様に言っても伝わりませんし……

どう説明するとわかりやすいか、と考えてみましたがやはり思いつきません。

「えーっと……なんといいますか……アルトと似た者同士、ですかね？」

ただ、本当に会ってみるとわかりますわよ。アルトと似た者同士だ、と言った意味が。主に自分が懐いた相手への態度が。

そう思っていると、馬車の窓がコンコンとノックされましたわ。

「アルトが合図を送ってきましたわね」

先に降りて手を差し出してくれているレオ様に微笑みましたわ。

私が馬車から降りると、すぐにアルトが「お義兄様《にいさま》もお姉様も素敵な服だね」と話しかけてくれましたわね。

その隣には、久しぶりに見るアルトの婚約者のディーナ・マグライアン様が目をキラキラと輝かせて私とレオ様を交互に見ていますわ。どうやら今日は大人しいみたいで良かった……と思ったのも束の間のことでした。

「お義姉様《ねえさま》！　お久しぶりですわ！」

満面の笑みでそう言うと、思い切り私に抱き着いてきましたわ。

おかげでバランスを崩して倒れそうになりますし、近くで待機していた貴族達に私がいる、と気付かれてしまいましたが、久しぶりなので仕方ない、と思いましょう。

「ええ、久しぶりね。アルトとは仲良くしていたかしら？」

微笑みながらそう尋ねます。

「もちろんです！　お義姉《ねえ》様と会えなくなって本当に寂しかったんですよ！」

上目遣いでそう言うディーナ様は女の私から見ても可愛くて思わず頬が緩んでしまいますわ。

そんな私たちの様子を少し後ろで見ていたレオ様が遠慮気味に聞いてきます。

「シャルロット、この人が……」

「えぇ、アルトの婚約者のディーナ様ですわ。ディーナ様、この方が私の旦那様、レオン様ですわ」

そう言って微笑むと、レオ様は緊張した様子で、ディーナ様は目をキラキラと輝かせて、それぞれ挨拶をしました。

それから他愛のない話をしながら私たちが会場の入り口前に到着すると、先に到着していた貴族たちが一斉に視線をこっちに向けましたわ。

といっても、アルトとディーナ様、それからレオ様で私の姿は隠れていましたので、コソコソとレオ様の話をしていますわね。

「あのブロンドの髪の人は誰ですの？」

「初めて見る人ですわよね」

「ですが、ここにいる、ということは侯爵位以上ということでは？」

当然ですがレオ様のことはほとんど皆見たことがないのでその反応は納得ですわよね。しかも、レオ様のようにカッコよくてスタイルの良い、一度見たら絶対に印象に残る人が急に現れたら、すぐに令嬢たちは食いついてきますわ。チラッとレオ様を見ると、私の視線に気付いたのか、それとも令嬢たちの話が聞こえたのか、少し居心地悪そうにしながらも私に微笑んでくれましたわ。

そんな中、前が進んだので少し移動したときに私のことが見えたんでしょう。

「え!? し、シャルロット様!?」

「嘘!? シャルロット様がいるのか!?」

「ど、どこにいますの!?」

という驚きの声が一気に広がりました。

まさかここまで驚かれるとは思っていませんでしたが……まぁ、元婚約者の生誕パーティーに参加するなんて普通ではありませんからね。驚くのも無理はありませんわよね。

なんて思っていると、皆の反応を黙って聞いていたレオ様が私にだけ聞こえるくらいの声の大きさで話しかけてきましたわ。

「どうやら俺たちは注目の的みたいだな」

注目の的、ですか。レオ様の言う通り、近くにいる人達はほぼ全員私たちのことを見ていますし、その視線は驚きと、戸惑いと、そしてなぜかディーナ様のようなキラキラとした視線も混じっているのが不思議で仕方ありませんわね。

そう思いながら、会場の扉の前にいる兵士に招待状を差し出しましたわ。

招待状を見せると、レオ様と私の名前が書いてあったからか、兵士も驚いた顔をしていたものの、すぐに「お久しぶりです！」と頭を下げて会場の中に入れてくれましたわね。

この挨拶は私に、なのかレオ様に、なのかはわかりませんが……レオ様も返事をしていたということは顔見知りだったんでしょうね。

なんて思いながら、レオ様にエスコートされて会場の真ん中付近に移動をしましたわ。

「ね、ねぇ……あのお方は……」

「シャルロット様ですわよね？」

「え、ということは、隣にいるのって……」

ヒソヒソと私たちの方を見ながら話をしているのが聞こえてきますがきっと、なぜこのパーティーに？　と驚いているんでしょう。

ついさっきも同じようなことがあったばかりなのでわかっていますが、あまりにも同じ反応に思わず小さくため息をつくと、レオ様が「どうしたんだ？」と心配そうに私の顔を覗き込んできました。

「いえ、会場の中に入ってもやっぱり私たちは注目されてしまうんだ、と思いまして」

令嬢たちの方にチラッと視線を向けると私の言葉にレオ様も納得したようです。

「あー……まぁ、仕方がないな」

それだけ言って苦笑していましたわ。

これぱっかりは私たちがどうにかして変わることではないので文句は言っていられません。とりあえずこれ以上注目を集めないように少し端の方に移動しようとレオ様と話をしていると、後ろの方から声が聞こえてきました。

「あ、あの……シャルロット様ですわよね？　お久しぶりです！」

この声を皮切りに、次々と子息令嬢問わず声をかけに来てくれましたわ。ここから見えるだけでも私の近くに十人……いや、それ以上はいますね。

これは……久しぶりのパーティーだというのに、これほどの人を相手にするのは流石に骨が折れるかもしれませんわ。

そう思いながらも一人一人丁寧に対応をしたことで随分と時間がかかりましたが、やっとのことで人ごみから解放されましたわ。レオ様をチラッと見ると、私の視線にすぐに気付いて下さいます。

「凄かったな。普段からこんなに話しかけられるのか？」

体力のあるレオ様ですが、流石に疲れているのが顔に出ていますわね。

そんなレオ様に私も苦笑しながら首を横に振ります。

「いえ、元婚約者が王太子だったというのもありますし、パーティーには頻繁に参加していたのでここまででではありませんでしたわ」

「まぁ、それほど皆シャルロットと話がしたかった、ということだな」

そう言ってきたレオ様の表情が本当に優しくて、パーティー会場なのも忘れて、少し照れてしまいましたわ。

それに、レオ様の言う通り、私個人と話をしたい、と思って普段は積極的に話しかけてくることがない令嬢や子息達まで話をしに来てくれたのなら、なんだか嬉しくなりますわ。

そんなことを思っている間に貴族たちの入場が終わり、カイン様たち王族が会場に入ってくる時間になったようで、音楽が一気に豪華なものに変わりましたわ。

ただ、私がいない間に、何があったのかはわかりませんが、カイン様に対する印象は凄く悪くなっていたらしく、ヒソヒソとカイン様のことを話す声が聞こえてきましたわね。

中にはカイン様は既に王太子の座を下ろされた、なんて話もあって、このようなパーティーを開いている場合ではない、という声が多く聞こえてきますわ。

本当はその話について詳しく聞きたいですが、今は普段通り入口の方に視線と意識を集中していると、今日の主役であるカイン様と、その婚約者のリリアさんが入ってきましたわね。

ただ、そのリリア様の姿を見て思わず顔をしかめてしまいました。

「白のドレス、ですか」

当然隣にいたレオ様の耳にも届いていて不思議そうな顔で首を傾げられましたわ。

「どうしたんだ？」

なぜ私が白いドレスにこのような反応をしたのかというと、この国の淑女にとって白いドレスは一般的に家を出るときに着るもの……つまり、嫁ぐときにだけ着るもの、という暗黙の了解がありますの。リリア様はそのことをわかっていて着ているのか……いや、そんなはずがありませんわね。

王妃教育や嫁入り修業の際に、あるいは幼い令嬢が白いドレスを着たいと駄々をこねた際に母親から伝えられるものですし、そもそも未婚の方は辺境伯のレオ様でも知らないような古いしきたりですから、これに限ってはリリア様は知らなくても致し方ないのです。とはいえ今日着ようとすれば誰かが止めるはずで……無視したのでしょうね、きっと。

そう思いながらレオ様に説明をすると、納得したように頷きましたわ。

それにしても、リリア様が着ているドレスは明らかに高そうなものですし、リリア様本人が用意できるようなものではありません。そうなるとカイン様が……いや、流石にそれほどまでにおバカさんではないと思いたいですわ。

今日のカイン様、あまりにも疲れ切った顔をしていますしね。

どちらかというと、リリア様の方が自信満々で、自分を見て欲しい、とでも言いたそうな顔をしていますわ。本来ならば主役であるカイン様を立てなければいけない立場なのに、です。王妃教育で何も学んでいないのでしょうね。

思わずため息をつきそうになりながらも二人のことを眺めていると、レオ様も顔をしかめています。

「あれがシャルロットの元婚約者か。隣にいるのは王太子の婚約者とはいえ、まだ男爵令嬢だろ？」

正直、そのような反応になってしまうのは当然です。しっかりと胸を張って歩いていることに関しては評価しますが、それ以外のリリア様の態度があまりにも非常識すぎます。

本人は気が付いていないでしょうが、会場にいる人のほとんどが思っていることだと思いますわ。

そんなことを思っているうちに陛下達の入場も無事に終わり、陛下の挨拶の時間になりましたわ。

確か去年は、カイン様の誕生日だというのに特に褒めることがなかった結果、陛下が私のことを褒めてカイン様の機嫌が悪くなってしまいましたのよね。今年はどのようなことを話すのか……そう思いながら陛下に視線を向けると、一歩前に出た陛下は小さくため息をついた後にこう言いましたわ。

「今日は愚息の生誕パーティーに集まってもらって感謝する」

この国で王族が息子の話をするときに、しかもこのような祝いの場での話に、謙遜であっても貶《おとし》めるような表現をすることは本来ありません。まさかそのような言葉でパーティーが始まると思っていなかったので会場中が一気にざわつき始めましたわ。もちろん私も驚いていますが、わざわざ生誕パーティーの時に、カイン様のことを愚息と表現したのは、今までのことが溜まりに溜まってのことでしょうね。

そう思いながら、普段の数倍も短かった陛下の話が終わり、チラッと隣にいるレオ様を見ると、落ち着きがなさそうにキョロキョロと辺りを確認していましたわ。

すると、そんな私たちのところに、アルトたちが片手に飲み物を持って来てくれました。

「姉様、久しぶりのパーティーはどうですか？」

「アルトたちがどこにいるか探しましたわ」

「こっちは二人とも人気すぎてどこにいるのかすぐにわかりましたよ」

アルトは楽しそうに笑いながらそう言って、今にも話しかけに来ようとしている子息令嬢たちの方にチラッと視線を向けましたわ。あれほどの人数を相手にしたというのにまだ沢山の人がチラチラと私たちの様子を窺っていますわね。

そんな人たちを見てレオ様は小さくため息をついています。

「俺ではなくシャルロットが人気なだけだ」

「何を言っているんですか！　確かにお義姉《ねえ》様は人気者ですが、令嬢のほとんどはお義兄《にい》様のことを近くで見たくて話をしに行っているんですよ！」

ディーナ様が熱弁するように言うと、レオ様はあまりの勢いに戸惑っているみたいですわ。

ちなみに、アルトたちは私とレオ様が人気者のように話をしていますが、二人だって社交界でとても人気があります。なのでもちろん、二人と話す機会を狙う子息令嬢たちだっているわけで、人のことを言えないですわ。

そう思いながら、待っていた子息令嬢たちの相手をしていると、公爵家から順に陛下達に挨拶へ向かっているのに気が付きましたわ。私たちも辺境伯ということで、結構早めに並ばないといけませんが……チラッとカイン様達の方を見ると、リリア様との会話は一つもなく、不機嫌そうな表情で正面を向いて、あまりいい雰囲気ではありませんわね。

隣にいるリリア様も、本来ならばカイン様と並んでニコニコ会話に混ざらないといけないのに、暇そうに髪の毛をいじっていますし、今お話をしている人も陛下とは長くお話をしているのに、カイン様達とは一言お祝いを言って終わり……あまりにも雰囲気が悪いですわ。

あの場に行くのが少し憂鬱に感じた私は、思わずため息をついて下を向いていると、流石のレオ様も壇上の二人の様子がおかしい、ということに気付いたみたいです。

「あの二人のところだけ、物凄く空気が悪いな」

「やっぱりレオ様でも気付いてしまいますわよね。まぁ、陛下と王妃様はいつも通りなのであまり気にしなくても良いと思いますが……」

苦笑しながらそう言うと、レオ様は頷いて陛下達の前に私をエスコートしてくれましたわ。

私とレオ様が並んで陛下達の前に出ると、二人は私が想像していたよりも嬉しそうに、小さく頷いてくれました。それが合図だったかのようにレオ様が頭を下げたので、私もそれに合わせて頭を下げます。

「陛下、王妃、本日はおめでとうございます」

「二人とも、遠いところからわざわざ来てくれて感謝する。王都までは遠かっただろう？」

「まぁ……少し遠かったですね」

陛下とレオ様が話を始めると、なぜかついさっきまではいなかった兵士が私たちと他の貴族たちの間に入って、話が聞こえないくらいの距離を取っていることに気付きましたわ。

聞かれたくない話でもあるのか、と思いながら王妃様に視線を向けると、ニコニコしながら私に声をかけてくれましたわ。

「シャルロットも元気そうで安心したわ」

婚約を破棄されたというのに、前と変わらないように呼び捨てで呼んでくれることに、少し嬉しく思います。王妃様には良くしていただいて、何の恨みもありませんもの。

だからこそ、笑顔にほんの少しの陰りがあるのが気になります。

「おかげさまで、とても元気ですわ。王妃様は少しお疲れになっているのではないでしょうか？」

そう言って首を傾げると、王妃様は一瞬驚いた顔をしましたが、すぐにニッコリと笑います。王家との付き合いが浅い貴族なら、気のせいだったかと騙されてしまうでしょうね。

「やっぱりシャルロットには気付かれてしまったわね」

そう苦笑した後、大きくため息をつきながら王妃様は続けます。

「わかってはいたけど、貴方以上に王妃になって欲しい、と思える令嬢はいないものね」

これは私が王太子の……カイン様の婚約者だったら相当嬉しい言葉だったんでしょうね。

ですが、今の私はレオ様と結婚しているので、どう反応して良いのか複雑な心境です。何も言わず、ただただ苦笑して王妃様の言葉を聞いていると、そんな私の様子に気付いたのか王妃様は焦ったように付け足してくださいました。

「あぁ、当然だけどまた王太子の婚約者になって欲しい、と言っているわけじゃないわよ？　ただ、悪いとは思ってもどうしても比べてしまうのよね」

そう言うとチラッとリリア様に視線を向けましたわ。

王妃様が何を言いたいのか、ハッキリと言われなくてもわかってしまいますね……

「今回のカインの暴走による婚約破棄は、王家としては大きな損失だが、あのようなことをやらかす愚息、シャルロット嬢が嫁いできても苦労をかけるだけだっただろう。カインのような奴よりも、レオンのような男の所に嫁いだ方がシャルロット嬢は幸せになれるだろうと話をしていたんだ。だから、二人の様子を見て安心した」

陛下はそう言うと、私たち二人に優しく微笑みましたわ。

さて、その後は最近のカイン様とリリア様について話を聞きましたが、王妃様があのようなことを言ってしまうのも納得してしまうほどの内容でしたわ。

カイン様は元々私がフォローしていたことが多すぎて、今では名ばかりの第一王子となっているみたいですし、リリア様は王妃教育を受けているにも関わらず、変わらないどころか、王太子の婚約者ということはもう王家の一員も同然だと勘違いして、余計に態度が悪くなってきているとのことで、今日のドレスに関しても注意しても聞かないので諦めたと王妃様が苦笑しながら言っていましたわ。

大体は想像していたとはいえ、王妃様が疲れているのも納得が出来ました。

陛下達とはまだまだお話したいことが沢山ありましたが後ろも詰まってしまうということで、私たちはその場を後にして、カイン様たちに挨拶へ行くことになりましたわ。

きっと、辺境の田舎に私を送った、ということで、地味なドレスで安っぽいアクセサリーでも付けてくると思っているでしょうし、気合を入れないといけませんわね。

改めて背筋を伸ばしてカイン様達の前に立つと、二人とも私の姿を見るなり驚いた顔をして固まってしまいましたわ。

今日の私はワインレッドのドレスを着ているのですが、アクセサリーから靴まで細部にこだわったものをレオ様が用意してくれましたの。私も初めて見た時は見惚《と》れてしまうほど綺麗なドレスですし、二人が驚くのも無理はありませんわ。

そう思いながら、レオ様にエスコートされてカイン様達の正面に立つと、何やら緊張した様子のカイン様に声をかけられましたわ。

「ひ、久しぶりだな」

正直、久しぶりだな、なんて馴れ馴れしく挨拶をしてくるような間柄ではありませんし、まずは私……いや、レオ様に対しての謝罪が先でしょうとは思いますが、ニッコリと微笑みます。

「えぇ、そうですわね」

それだけ返して、スッとレオ様の一歩後ろに下がりましたわ。

今となっては別にカイン様とリリア様に対して怒りの感情は一切なく、むしろレオ様と出会わせてくれて感謝しているのですが、どうやらリリア様は私とは違った感情でいるみたいですわね。先ほどから物凄く醜い顔で私のことを睨《にら》みつけてきていますのよね。

そんなリリア様に気付いていないカイン様は何を思ったのか、私の返事に一気に表情を明るくさせて、レオ様に一度も視線を向けることなく世間話を始めたので驚きましたわよ。

「俺もシャルロットとの婚約がなくなってから……」

……私との婚約がなくなって、ではなく、ご自分で婚約破棄をしたくせに、何を言っているんでしょう？

カイン様の言葉を不愉快に思っていると、それを察したのか、レオ様がスッと私とカイン様の間に入るように前に立ってくれましたわ。

「第一王子、初にお目にかかります。レオン・リュードリアと申します」

「へ？　あ、ああ」

そんなレオ様を見て、カイン様はやっとレオ様の存在に気付いたのか、間抜けな返事をしています。きっと想像していた辺境伯とは違ったのでしょうね。

「シャルロット、そ、その男性は一体誰なんだ？　そもそも、なぜ辺境伯と一緒に来ていない」

レオ様のことを指さしてそう言ってきましたもの。

そんなカイン様に見せつけるように、レオ様の腕に自分の腕を絡みつけてやります。

「何を言っていますの？　レオ様は私の旦那様で、辺境伯ですわよ」

ニッコリと微笑みながらそう言うと、まさかのカイン様ではなく隣にいたリリア様が反応しました。

「ち、ちょっと待ちなさいよ！」

相変わらずの甲高い声で叫びましたわ。

当然ですが、リリア様の甲高い声はよく通るもので、会場中に響き渡った結果、注目の的となっていますわ。はぁ……せっかく目立たないように、と静かに終わらせようとしたのに無駄になってしまいましたわね。

思わずため息をつきたくなるのをグッと堪《こら》えて、リリア様の方に視線を向けると、顔を真っ赤にして私のことを睨《にら》みつけているリリア様の姿がありましたわ。

すっかり油断していましたが……この人が大人しくしているわけがありませんでしたね。

そして、向こうが目立つ形で喧嘩を売ってきたのですから、少しくらい仕方ありませんわよね？

「四十過ぎているおっさんがそんなにイケメンなわけがないわ！　本物の辺境伯はどこに行ったのよ！」

リリア様はそう言って思い切りレオ様のことを指さしたので、私はわざとらしく肩をすくめてやります。

「何を言っていますの？　レオ様は出会った時から今までずっとこの見た目ですわよ？」

そう言ってレオ様の方を見ると、レオ様も苦笑しながら小さく頷きました。

そもそも、本物の、などと言っていますが一度も見たことがないのに、よく偽物だ、と騒げますわね。何を根拠にレオ様を偽物だ、なんて判断しているのか……

「嘘よ！　せっかくおじさんと結婚したアンタを笑ってやろうと思ったのに、全部無駄じゃない！」

リリア様はまるで自分の主張が通らなかった子供のように地団駄を踏んでいます。

「そんなこと知りませんわ。そもそも、人のことをバカにしようとしていること自体、褒められたことではありませんわよ」

小さな子供を諭すようにそう言って、お祝いもそこそこにその場を後にしましたわ。

リリア様は私が年を取ったおじさんと結婚した、ということを嘲笑おうとしていたのですね。しかし予想に反してレオ様がカッコいい上に、幸せそうに微笑む私の姿を見る羽目になった、と……そして腹を立てたリリア様は、パーティーの最中だ、ということで我慢が出来たらよかったですが、当然我慢なんて出来るわけもなく、現在に至る、と。

とりあえず、現状を把握しようと頭の中で整理してみましたが、おおよそ間違っていないでしょう。

「辺境がこんなにカッコいい人だなんて聞いていない！　カイン様は知っていたでしょう⁉」

後ろで騒ぐ声が聞こえてきましたが、挨拶も済んだことですし後は勝手にしてください、としか思えませんわ。

さて、カイン様への挨拶も終わって、後はダンス……ですが、辺境でのパーティーを経験してしまった私からすると、この待ち時間が退屈で仕方がありませんわ。レオ様が持ってきてくれたシャンパンを片手に会場の中を見渡していると、ふと一人の子息に目が留まりました。

えーっと……確かあの人はリリア様の取り巻きの一人……ジェーン様ですわね。私が辺境に行く前は、次期宰相だと言われていましたが、陛下達の近くにいないということは、宰相候補から外されてしまった、というところでしょうか？

……？　なんでしょう、久々に見たから印象が変わっている、というわけではない違和感が……なんて思っていると、レオ様は私がジェーン様を見て固まっていることに気付いたみたいで、周りには聞こえないくらいの小さな声で「どうした？」と顔を覗き込んできましたわ。

よく考えてみると、自分の妻が他の男性を見て固まっているというのはあまり面白くない行動ですわよね。少し気になったことがあったので見てしまいましたが、気を付けないといけませんわ。

「何か違和感があるといいますか……なんでしょう？　髪型……いや、服装でしょうか？」

心の中で自分の行動に反省しながら、レオ様にそう言うと首を傾げられました。

「あの子息は初めて見たから一体誰なのかもわからないんだが……シャルロットが違和感を覚える、というのであれば何かあるんじゃないか？」

確かにレオ様からすると初めて見たジェーン様の違和感なんて気が付くはずありませんわよね。

とりあえず私が感じている違和感の正体が何かを知るために、ジェーン様のことをジッと観察します。髪型は以前と同じですし、着ている服もパーティーで着るような、ジャケットにズボンと一般的なもので……顔が変わった……わけがありませんし……ここまで見てもわからないのなら本当に些細なことで、気付くか気付かないか、くらいのものだと思うのですが……

改めてジェーン様の頭の先からつま先まで、しっかりと見てみて、ようやく分かりました。

「あ！　なるほど……そういうことですのね」

やっと何に対して違和感があったのか理解できた私は、思わず少し大きめの声でそう言ってしまいました。

「なんだ？　何かわかったのか？」

隣にいるレオ様がなぜか興味深そうに私の言葉を待っているので一応前置きをします。

「えっと……そんなに期待するような内容でもありませんわよ？」

それでもなんだかワクワクしているような顔をしているので、私が気付いたことを短く伝えると、なるほど、と頷いてくれましたわ。

私が感じた違和感、というのは、ジェーン様が身に着けているピアス、そしてジャケットの胸ポケットに小さく施されている刺繍が原因でしたの。

それだけ聞くと、え？　普通なのでは？　と思うかもしれませんが違うんですのよ。ジェーン様のピアスと刺繍が、リリア様の現在付けているピアスとドレスの刺繍に完全一致していましたの。

こんなの、意図的に合わせないと無理ですわよね？

しかも、リリア様はカイン様の婚約者なのに、カイン様とお揃いの物は一つもありませんでした。

そう考えると、もしかしてカイン様とリリアさんは……いや、それは考えすぎでしょうか。

「もしかして、あの二人は上手くいっていないんじゃないか？」

たった今、考えすぎだと思ったことがレオ様の口から出てきて思わず笑ってしまいそうになりましたわ。だって、まさか全く同じことを考えていたなんて思ってもいませんでしたもの。

「そうかもしれませんが、婚約している身なのに、他の子息とお揃いの物を付けるのは……」

流石に勝手な想像で話を進めるのは良くない、と思った私は否定も肯定もせず苦笑しながらレオ様にそう言うと、流石のレオ様も驚いているみたいで、苦笑が返されました。

「それに関しては俺もわからない。普通ならあり得ないが、実際に起こっていることだからな」

そうなんですの。ありえないと私も思っていますが、元々リリアさんは貴族の考えとは全く違った行動をする人ですもの。今回も、リリアさんなりに何かしらの考えがあっての行動だと思うので、私が何か言うだけ無駄ですわよね。

きっと陛下や王妃様達はジェーン様が挨拶に行ったときに気付いていると思いますし、私は何も気付いていない、ということにしておきましょう。

そう思いながら手に持っていたシャンパンの残りを、マナー違反にならない速さで飲み干すと、それとほぼ同時にゆったりとした音楽が流れ始めましたわ。

つまり、ダンスの時間が始まる、ということですわね。

今回は一応主役がカイン様だ、ということで、音楽がかかって最初に主役であるカイン様が踊らないといけないという決まりがあるんですが……確かリリアさんって踊れなかったはずですわよね？　王妃教育で踊れるようになったんでしょう。

そう思いながら、レオ様にエスコートされて会場の端に移動しましたわ。

本来ならば、爵位が高い順に中に入っていかなければいけないのですが、あのリリア様の様子ですと私たちを見たら何かが起こってしまいそうですもの。私たちの周り、男爵家の子息令嬢たちが驚いた顔をしているので申し訳ないですが、お邪魔させてもらいますわ。

心の中で周りの人に謝罪をしながら、人と人の間から、ジッと会場の真ん中を見つめました。すると、カイン様の表情は相変わらず暗いですが、リリア様もなんだか焦ったような顔をしているのが見えましたわ。

会場の中心にいるカイン様とリリア様はなぜか踊る気配が全くなく、手は握られていますが足は止まったままです。おかげで会場にいる人達も何かおかしいと思い始めたようですね。

「え……？　殿下は踊らないのか？」

「なぜ真ん中で立っているだけなんだ？」

色んな所から声が聞こえてきますわ。

きっとリリア様が踊ることが出来ないから、出てきたけど何もすることが出来ない、という状況にでもなっているんでしょうね。それなら足をくじいてしまった、とか適当な言い訳を付けて座らせておけばよかったのに……なんて思っていると、流石の貴族たちもなぜ踊らないのか察してしまったみたいです。

「もしかして……リリア様が踊れないから、カイン様も踊ることが出来ないんじゃないかしら」

「ですが、王妃教育を受けているのに踊れないなんてことがあり得ますの？」

そんな声もチラホラと出てきましたわね。

確かに、皆が話している通り、王妃教育には領地経営のことについてから、ダンスのようなマナーのことまで、全般的に学ぶことがありますわ。ただ、入場の時から思っていましたが、リリア様のサボり癖というのは今も健在らしく、まともに授業を受けていないと思いますのよね。

いくら王妃教育を受けているとはいえ、聞き流していたら出来るわけがありませんし、こうなるのは当然ですわ。

そう思いながら苦笑してカイン様達の方を見ているとレオ様も会場の異様な雰囲気に気付いたようで、キョトンとした顔をしてキョロキョロと辺りを見渡していますわ。

「どうしたんだ？」

「さぁ？　おそらく、最初に踊るべきリリア様が踊り方がわからないので、動けなくなっているんでしょう」

「はぁ？　貴族なのに踊れないなんてことがあるのか？」

「リリア様が貴族社会に現れたのはおおよそ二年前です。それも、学園に所属して、カイン様に近付いたために名が知られただけで、こういったパーティ等に出ていた、という話は聞きませんわ。……元平民の成り上がり男爵家、とも聞きますし、そうであれば踊る機会なんてなかったでしょうね」

そう言うとレオ様も納得したようですが、少し苛立っているのか、ため息をついてカイン様たちを見つめました。カイン様たちはまだ会場の真ん中で立ち尽くしたまま、ただただ時間が経過していますわ。

なかなかダンスが始まらないことで、様子がおかしいことに気付いていなかった人達も何かがあった、と察したのでしょう。少しずつですが、動揺が会場中に広がっていっています。

ただ、当の本人であるカイン様は、まるで何かを探すかのようにキョロキョロと辺りを見渡しています。

「何か探しているんでしょうか？」

「うーん……あの令嬢が踊れないんだろう？　だったら他に相手を探しているとかじゃないか？」

そう言って、眉間に皺を寄せたレオ様は、なぜか私を隠すかのようにスッと前に立ちましたわ。

流石にお馬鹿さんなカイン様でもそのようなことはしないでしょう。そう思い、そのまま口に出します。

「まぁ！　パートナーのご令嬢が一緒にいるのにも関わらず、ファーストダンスの相手を変えようだなんて、流石に非常識すぎますわよ」

「だが、元々非常識だからシャルロットも嫌な目に遭ったんだろう？」

……その言葉には物凄く納得してしまって、何も言い返せなかったですわ。

元々非常識だとレオ様は言いますが、そのような非常識な男を王太子だ、と持ち上げていたんですから、陛下も見る目がないと言いますか……未だになぜ、カイン様を選んだのか理解出来ていませんのよね。いえ、この国が余程のことがない限り長子相続だからなのですが、カイン様の場合、『余程のこと』に当てはまる気がして……同じく陛下と王妃様の子である第二王子もいらっしゃるのに……

なんて思っていると、これほどまで長い時間黙っているカイン様に、皆も苛立ってきているんでしょう。最初は動揺している声が多かったですが、カイン様やリリア様の陰口のようなものが増えてきました。

「いつまで黙っているんでしょう？」

「踊れないなら踊れないで、下がった方が恥をかかないと思いません？」

「きっとプライドが邪魔をして下がれなくなっていますのよ」

そんな中、唐突に会場の真ん中で踊り始めた人がいましたわ。

カイン様を押しのけて、会場の中心でダンスを始めることが出来る人物……そんなの第二王子くらいしかいませんわよね。

第二王子とその婚約者は、会場の空気が悪くなったことを察したのか普段よりも大きく、そして優雅に踊ると会場の全体に向かってお辞儀をしてスッとその場を後にしましたわ。

まるで、後は楽しんでくれ、とでも言っているかのような行動に感心しましたわ。このようなことまで出来るようになっていましたのね。

そう思いながら、カイン様に視線を向けると、てっきり拗《す》ねていると思いましたが特に何かをするわけでもなく、人ごみに紛れて真ん中から、少し外れたところで呆然としていますわね。

まぁ、自分のせいで会場の雰囲気を悪くさせてしまいましたし……きっとリリア様だって少しは反省して……と思ってリリア様がさっきまでいた場所に視線を移しましたが、なんとそこにリリア様の姿はありませんでしたわ。近くを見渡してみましたが、どこにもいないですし……カイン様はリリア様がいないと気付いているのでしょうか？　いや……もしかしたらそんな余裕すらない可能性も？

そう思いながら、隣にいるレオ様にリリア様がいないことを伝えます。

「ついさっきまで一緒にいたはずだが……流石に二人が一緒にいないのはおかしいな」

そう言って顔をしかめましたわ。

ジェーン様のこともありますし、何か変なことをしなければいいのですけど。

なんだか嫌な予感がした私は、レオ様と二人でリリア様のことを探します。第二王子のおかげで途切れることなく、音楽に合わせて踊っている子息令嬢たちの姿を眺めていると、レオ様は急に私の手を引きました。

「少し移動するぞ」

本当に急なことだったので驚きましたが……もしかしてリリア様を見つけたのでしょうか？　そして見てはいけないものを見てしまったとか……そう思いながら、言われるがまま険しい顔をしているレオ様に手を引かれて、扉の前から会場の右側の方へ移動しましたわ。こちら側は、窓がない壁側なので、ベランダに出る人達の邪魔になることもありませんし、一番目立たないところではありますが、丁度壇の上にいる陛下と王妃様の姿が見えていい場所ですわ。

そう思いながら、移動してきてからも異様に周囲を気にしているレオ様にどうしたのか尋ねます。

「いや……さっき一瞬ではあったが第一王子と目が合ったような気がしてな。もし気のせいじゃなかったら絶対に近くに来ると思ったんだが……」

そう言って再び、険しい表情のまま会場の中を見渡しましたわ。

私もレオ様に言われて、少し意識をしてカイン様の居場所を確認してみましたが、どうやら近くにはいないみたいで、会場の真ん中からは移動しているみたいですわ。

とりあえず今の場所だけでも把握しようとレオ様に場所を尋ねましたが、敵を逃してしまった兵士のような顔をしていますわ。

「それが見失ってしまった。あちら側も同様に、俺たちを見失っている状況だったら良いんだが」

一応カイン様の居場所は確認した方が良い、ということで、踊っている貴族たちの中からカイン様の姿を探しましたが、全く見当たりません。今踊っていない人に意識を集中して早く見つけようとしていると、物凄く聞き覚えのある声が聞こえてきましたわ。

「流石ジェーン様ですぅ～」

「まぁ、当然だよ。あのバカな殿下には思いつかないだろうけどね」

気分良さそうに話をしている二人ですが……そんなに大きな声で話をして、他の貴族たちに見られたらどうなるか、なんて考えていないんでしょうか？　仲良く腕を組んで楽しそうに会場の中を歩いているリリアさんとジェーン様を見て思わず小さくため息をつきましたわ。

こうやって改めて見ると、私が思っていた通りリリアさんとジェーン様の着ている服はお揃いになっていて、カイン様の隣にいた時よりも妙にしっくりとしていますわ。やっぱりあのドレスを用意したのはジェーン様だった、ということですか。

そう思いながら二人のことを眺めていると、レオ様も気が付いたようで、顔をしかめながら「よくもまぁ、ここまで堂々としていられるよな」と呟いたのが聞こえてきましたわ。

本当にレオ様の言う通りで、ここまで堂々としているのを見ると何も悪いことをしていないのでは？　と勘違いしそうになります。まぁ、悪いことしかしていない、というのが実際ですけど。

そう思いながら、二人が何をするのか、と様子を窺《うかが》っていると、私の視線に気付いたのか、リリア様が急にバッと私たちの方に体の向きを変えてきたので目がしっかりと合ってしまいましたわ。するると、意外なことにリリア様が都合の悪そうな顔をして視線を逸《そ》らしましたわね。

てっきりリリア様のことなので、得意げに何かを言ってくるものだと思いましたが……これが悪い事だということは一応わかっていたみたいで安心しましたわ。

ただ、この二人を目の前にして何を言ったら良いのか……とりあえず見なかったことにしようかなんて思っていると、急に聞き慣れた声で名前を呼ばれました。

「シャルロット！」

反射的にレオ様の顔を見ると、あからさまに不快そうな顔をして、小さくため息をついています。

しかし、ここまでハッキリと聞こえたものを無視するわけにもいきません。

「少しお話しても良いでしょうか？」

「いや、俺が話をしよう」

そう言ってくれたので、ここはレオ様に甘えてカイン様のことはお任せしようと思いますわ。

だって、私はこれ以上カイン様と話すこともないですし、何よりレオ様と話をしてくれた方が早く終わると思いましたのよね。

そう思いながら向かい合ったレオ様とカイン様を横目に、リリア様の方に視線を向けると、今がチャンスだ、と言わんばかりにこの状況を利用していつの間にか私たちから距離を取っていましたわ。

しかも、二人仲良く腕を組んだ状況で。

今はダンスの時間ということもあって、リリア様達のことを注目している人はいないかもしれませんが、相変わらずだな、と思ってしまいましたわ。まぁ、あの大人数の取り巻きたちの中からカイン様とジェーン様まで減らしたことだけは褒めないといけないかもしれませんけど。

そんなことを思いながらカイン様を見ると、何を話すか決めていなかった様子です。

「え、えーっと……その、あ……あれだ」

そう言ってなかなか話が進みません。流石のレオ様もそんなカイン様を不憫に思ったようですわ。

「第一王子？　何か用事でしょうか？」

「あ、あぁ……そのー……は、話を……」

そこまで言って、後は何も言ってきませんわ。

これには流石の私も限界を迎えて、何とも言えない表情をしているレオ様に声をかけます。

「これなら、無視して立ち去った方が良かったでしょうか？」

あ、もちろんカイン様には聞こえないように、と声の大きさはしっかりと考えて話をしていますよ。レオ様はカイン様に気を遣っているのかわかりませんが、見かけたから思わず声をかけてしまったのでは？　と言っていますが、自分で婚約破棄した相手に話しかける時点でおかしいとは思わないのでしょうか？

この妙な状況、陛下達が気付いて止めてくれたら一番嬉しいと思った私は、助けを求めるべく陛下達の座る椅子の方に視線を送りました。

すると王妃様とバッチリ目が合ったではありませんか。

この機会を逃すわけにはいかない、と思い何とか目の前のカイン様に気付いてもらおうと、視線で必死に訴えます。流石王妃様、すぐにカイン様の存在に付いて陛下と何かを話しているのが見えますわ。

これでメイドか誰かが来てくれてカイン様を回収してくれると平和的に終わることが出来る、とホッとしたのも束の間、陛下と話し終えた王妃様がニッコリと微笑んだかと思ったら、右手で拳を作って上から下へ、ブンっと音がしそうなほどの勢いで振り下ろしたではありませんか。

これはつまり……こちらは気にせず、遠慮なくやってしまえ、ということですわよね。

思わず苦笑しながら王妃様の方を見ていた私ですが、相変わらず王妃様は楽しそうにニコニコと微笑んでいるだけですわ。

え、えーっと……どうしましょうか？　やってしまえと言われましても、何も思いつきませんし、何をどうすればいいのでしょう？

思わず助けを求めるように、レオ様に今の王妃様の行動について話すと、最初は驚いた顔をしていましたが、すぐに「あぁ、なるほどな」と小さく息を吐きましたわ。

まぁ、レオ様からしてみても面倒ですわよね。やはりここは会話をすることなく立ち去る、というのが一番正解なのではないでしょうか？

そう思った私は、いまだに一言も言葉を発していないカイン様に「何も話がないなら私たちはこれで」とだけ言って、レオ様を促《うなが》すようにその場を後にしようとしました。

その時でしたわ。

「お、俺とダンスを踊ってくれないだろうか!?」

カイン様はなぜか顔を真っ赤にしながら叫ぶように私にそう言ってきたのです。

俺とダンスを踊ってくれ、ですって？　私が？

「なぜですの？　リリア様がいるじゃないですか」

きっとそう返事した時の私の顔は相当嫌そうな顔をしていたのでしょうね。隣にいたレオ様は面白い物を見た時のような顔をしていますわ。

一方カイン様は、なんとか話し出すことが出来たので調子に乗ったようです。

「あいつなんかにダンスが踊れるわけがないだろう。やっぱり俺にはシャルロットじゃないとダメなんだ」

どの口が言っているんだ、としか思えない言葉ですが、リリア様のことをあいつ呼びしている時点で、あの二人の関係性はよくわかりましたわね。

まぁ、だからと言って今更許そうとも思いませんし、再びカイン様の元に戻るなんて絶対にありえませんけど……

そう思いながら私は、カイン様に今日一番の笑顔で、ハッキリとこう言いましたわ。

「何を勘違いしているのかわかりませんが、私とカイン様は既に関係は切れていますのよ？　今更そのようなことを言われて、喜ぶとでも思っていますの？」

するとカイン様は、まさか私にここまでハッキリと言われるとは思っていなかったのか、目を大きく見開いて固まってしまいましたわ。

私は当然のことを言っただけですが……相変わらず自分が中心に世界は動いている、と勘違いしているのでしょうね。

なんて思いながら、驚きのあまり固まってしまっていたカイン様を眺めていると、やっと私の言葉をしっかりと理解出来たのか、顔を真っ赤にさせて、レオ様を指さしました。

「な、なぜだ⁉　シャルロットだって、四十のじじいと結婚より王太子である俺と結婚した方が良いことはわかっているだろう⁉」

チラッと隣にいるレオ様を見ると、何とも言えないような複雑な表情をしながら、私とカイン様の様子を窺《うかが》っていますわ。

きっと、カイン様の言葉に私がどう返事をするのか気になって、そのような顔になっているのでしょうね。そんなレオ様を安心させるため、笑顔のままで答えます。

「ハッキリと言わせてもらいますが、私はカイン様ではなくレオ様と結婚して本当に良かったと思っていますの。カイン様独断での王令とはいえ、私の相手にレオ様を選んでくれたことだけは感謝していますわ」

そして自分から少しだけレオ様に近付きます。これで安心していただけたでしょうか？

「あぁ、それに関しては俺も感謝しないといけないかもしれないな」

そう言ったレオ様は、どこか自信のある表情といいますか……調子がいい時の余裕があるレオ様の顔でしたわ。

やっぱりレオ様はこうやって余裕のある表情をしていた方がカッコいいですわよね。

まぁ、当然ですがカイン様は、私とレオ様の様子を見て面白く思わないようで、ついさっきまで

モゴモゴと下を向いていた姿からは想像できないほど、顔を赤く、目を鋭くさせていますわ。

長年婚約をしていましたが、このような表情をしているカイン様は初めて見ました。自分は散々リリア様といちゃついていたくせに、なぜ関係のなくなった今、そのような顔をしているのか理解が出来ませんわ。

あまりのカイン様の変わりように動揺していると、カイン様は私とレオ様を引き剥がすように無理やり私の手を引っ張りました。

「王太子である俺が婚約し直してやると言っているんだ！　喜んで受けるのが常識だろ！」

これには驚いて思わず悲鳴を上げると、今まではダンスに夢中になっていた人達も一斉に私たちの方に視線を向けましたわね。

カイン様はそれに気付いていないようで、力加減もわからなくなっているのか、目を血走らせながら凄い力で私の手を握りしめています。本当に痛すぎて声も出せませんわ……これは流石にマズい気がしますわね。

暴力を振るわれたならともかく、見た目はただ引っ張られているだけです。どうしましょう。助けを求めていいものかしら!?

混乱して判断が遅れた、次の瞬間。

「私の妻に対して何をしているんですか？」

「いっ……いててて。は、離せ！」

凛としたレオ様の声と、カイン様の情けない声が聞こえて、手を離されました。

何が起こっているのか、とカイン様の方に視線を向けると、そこにはさっきまで私の手を掴んでいたカイン様の手を捻《ひね》り上げているレオ様の姿がありましたの。

しかも相当怒ってくれているみたいで、カイン様には最初の一言しか話していないのに、物凄い圧迫感があります。きっと、これが殺気というものなんでしょう。

そう思いながらさっきまで掴まれていた自分の手を隠すように掴んでいると、いまだにカイン様の手を捻り上げているレオ様に聞かれましたわ。

「大丈夫か？」

まだ動揺で上手く声が出ないので、どうにか頷いて返します。

カイン様は必死に逃れようとしているみたいですが、当然辺境で鍛え上げられたレオ様に力で敵う訳もなく、暴れている子供と大人みたいな状況になってしまっています。

最初に手を掴まれたときはカイン様に対して恐怖を感じましたが、今はただただレオ様がカッコいいとしか思えません。

心配そうな顔をして私の様子を見ているレオ様にお礼を言うと、チラッと私の手を見て、思っていた以上に手が腫れていたのに気付いたんでしょう。

「これは酷いな……痣《あざ》になるんじゃないか？」

眉をひそめながらそう言うと、カイン様の手を捻《ひね》り上げている力を強めましたわね。

おかげで、さっきよりも痛がっている声が大きくなりましたが……自業自得ですわ。

とりあえず、この状況をどうにかしないと、と思った私は、一旦会場の状況を確認するために辺りを見渡してみましたわ。

まだダンスの曲は続いていますが、私たちが相当騒いでしまった、ということで今は誰も踊ることなくカイン様のことを非難したような目でみながらヒソヒソと話をしています。リリア様は……どうやらこの騒ぎに乗じて会場から出て行ってしまったみたいですわね。

会場を見渡しながら、これからどうしようか、と考えていると
「シャルロットと婚約したら全て解決するんだ！　俺は……俺はまた王太子に……」

あまり大きな声ではありませんでしたが、そう言ったのが聞こえてきましたわね。

私と婚約することで再び王太子に、ということは自分が王太子でいられたのは私のおかげ、ということは気付くことが出来ましたのね。

だからといって、私と再び婚約をという考えになるのはおかしいですが。

「先ほどからずっと思っていましたが、カイン様は既に王太子ではありませんし、そもそも、私と婚約したからといって誰からの信用もないカイン様は王太子に戻れませんわ」

今でもレオ様に拘束されているカイン様に冷たくそう言うと、私の言葉が衝撃的だったのか、特に何も言い返してくることなく、ただ呆然としてしまいましたわ。

……これで終わりでしょうね。

そう思った私は、この後のことは陛下にどうにかしてもらおうと壇の上に視線を送ると、急に人ごみの中から聞き覚えのある声が聞こえてきました。

「そこまでだ」

これには驚いてパッと声のした方を見ると、そこには何とも言えないような表情で立っている陛下と、ニコニコとしながら頬に手を当てている王妃様の姿がありましたわ。

陛下達の姿に気付いたレオ様はすぐにカイン様から手をパッと離すと言って頭を下げましたわ。

「陛下、騒ぎを起こしてしまって申し訳ございません」

一方、やっとのことでレオ様から解放されたカイン様はあからさまにホッとした顔をして陛下達のことを見ています。

きっと、自分を助けに来てくれたとでも思っているのでしょうけど、当然そのようなことはありません。陛下はカイン様のことをキッと睨みつけた後に、私とレオ様に対して深々と頭を下げてきましたわ。

「いや、儂の方こそ愚息がこれほどまでどうしようもない奴だったとは思っていなかった。申し訳ない」

これにはカイン様が驚いた顔をしていましたが……ハッキリ言うと当然ですわよね。だって誰がどう見てもカイン様が悪いですもの。

そう思いながら王妃様の方に視線を向けると……目が全く笑っていませんわ。

「私としてはもっとやっても良いと思ったくらいだったけど」

王妃様の言葉に、会場の空気が一気に凍りつきました。

ただ、それに一人だけ気付いていない人がいるんですよね……

「ち、父上！　この辺境伯が王子である俺の手を捻《ひね》り上げて……っ！」

カイン様が急にハッとした顔をしたかと思ったら、陛下にそう言い出しましたわ。

自分のことを王太子と言わなくなったのを見ると、さっきの私の言葉は何か思うことがあったのか……なんて思いながら陛下を見ると、当然カイン様の言葉に呆れたような顔をしながらこう言いましたわ。

「儂らが何も知らないと思って言っているのか？　全て見ていたぞ」

私はカイン様が騒ぎを起こす前から王妃様と視線で会話のようなものをしていたので知っていますが、カイン様はまさか全て見られていたとは思ってもいなかったようで、急に勢いがなくなって黙り込んでしまいましたわ。

そんなカイン様に追い打ちをかけるように王妃様が冷たい笑みを浮かべます。

「自業自得なんだから、罰を与えてくれ、なんてバカなことは言わないわよね？」

流石のカイン様も何かを言う気力がないみたいですが、そんな王妃様に続くように今度は陛下が小さくため息をつきながら口を開きました。

「そもそも、罰を与えられるのは自分だ、ということになぜ気付かないのか」

……って、罰を与えられるのが自分……ということは。

驚きのあまり、反射的にカイン様の方を見ると、言われた本人は、まだ状況を理解していないようでキョトンとした顔をしていますわ。

え、えーっと……陛下はカイン様に対して罰を与える、ということですが、流石にこれだけで罰則は厳しいのではないでしょうか？

つい隣にいるレオ様の様子を窺《うかが》うと、私と同じことを思っていたみたいでキョトンとした顔をしています。

その間にも陛下は容赦なくカイン様を捕縛するように指示を出しています。しかも、その指示というのが「そのバカを牢屋の中に入れておけ」という、陛下らしからぬ言い方で、カイン様に対する陛下の怒りが伝わってきますわ。

その隣では、いまだにニコニコと微笑んでいる王妃様が「あぁ、ついでに男爵令嬢の方も見つけたら捕まえて頂戴。今頃、男と一緒に居ると思うわ」なんてサラッと衝撃的な内容を言っていますし。というか、リリアさんがジェーン様と一緒にいることも気付いていたとは……つくづく、流石王妃様、といったところでしょうか。

なんて思いながら、王妃様の方を見ると私の視線に気付いたみたいでいたずらっ子のような笑みを向けてくれましたが、これはわざとカイン様に聞こえる様にリリアさんのことを言いましたのね。

この二人……動ける条件が揃うと迅速果断なんですよ……なのにどうしてカイン様に関してだけ

は……言うまでもなく長子相続制度ですわね。本当に悪しき慣習ですわ。

そこまで考えて思い出しました。ありましたわ、このお二人が動けるようになったカイン様の罪。王令詐称です。今、私とレオ様で明るみにしたようなものでしたわね。

まぁ、当の本人は王妃様の話を聞いていないのか、聞こえなかったのかわかりませんが訳のわからないことを叫んでいます。

「しゃ、シャルロット！　父上に俺と婚約し直すことを伝えてくれ！　シャルロットだってそれを望んでいるんだろう⁉」

これはもう救いようがありませんわ。

何が婚約し直すのを望んでいる、ですか。何度言ってもわからないなら、何度でも言って差し上げますわ。

「何度言ったらわかりますの？　私は既に結婚した身ですし、独身だったとしてもカイン様とだけは絶対に結婚しませんわ」

一歩前に出た私に目をキラキラと輝かせたカイン様ですが、私のこの言葉に一気に表情を曇《くも》らせましたわ。

いや……そもそも何度も伝えているはずですが、現実逃避しているのか全く理解していないので、今回は微笑むこともなく、だからといって睨みつけることもなく、ただただ無表情で言ってあげましたの。

するとカイン様はやっと私の言ったことを理解してくれたようで、両脇を兵士に抱えられながら絶望したような顔をして「くそ……くそぉぉぉぉぉ!!」という言葉を最後に、会場を後にしましたわ。

一応、今日のパーティーの主役がこのような形で立ち去ることになるなんて、前代未聞の出来事ではありますが、自業自得ですわね。

変わった姿を見せてくれるのか、と本当に少しですが期待していましたのに、本当に残念ですわ。なんて思いながら、レオ様に視線を向けると、なんだか思った以上に呆気《あっけ》ない終わり方だったからなのか、苦笑しながら扉を見つめています。私も思わず苦笑しながらカイン様が出て行った扉を見つめていると陛下が急に勢いよく頭を下げてきましたわ。

「レオンハルト殿、シャルロット嬢。本当に愚息が迷惑をかけた」

今回のパーティーに関しては、陛下達は何も悪くありませんし、全てカイン様の責任ですわよね。

「いえ、このパーティーに呼ばれた時点で大体の想像はついていました」

私の気持ちを代弁するかのようにレオ様が答えてくれていますわ。

まぁ、元々何かがあるだろう、と言って会場に入っていましたし、想像以上にカイン様が暴走していましたが、覚悟はしていたので別に気にしていません。

そもそも、今回のパーティーだって断ろうと思えば断れたのに来ることを決めたのは私たちですわ。

さて、カイン様が会場から追い出された後、主役がいなくなってしまった、ということもあってこのパーティーはお開きになりましたわ。

私とレオ様は今回の件の当事者、ということでパーティーの後に陛下達とお話をしましたが、当然カイン様の処罰について聞くことになりましたのよね。

今回の件、そして今までのことも含めて考えた結果、カイン様は王族から降格、そして貴族でもなく平民にまで落とされるとのことでしたわ。まぁ、簡単に言えば陛下達に縁を切られた、ということですわね。王の命令を偽る、というのはそれくらいの大罪です。下手をしたら我が家と辺境伯を敵に回していましたからね。

それともう一つ、呼ばれた理由がありました。私も知らなかったのですが、リリア様の実家から辺境まで、一日もあれば到着するくらいの近い距離にあるのだそうです。当分は注意して欲しい、とのことでしたわ。

カイン様の生誕パーティーも終わり、一週間かけて辺境に到着しましたわ。

馬車もお屋敷の前に到着して、後は荷物を下ろして中に入るだけ……という状況ですが、なぜかレオ様はキョロキョロとしていますわね。

たった今到着したばかりだというのに落ち着きがないみたいですが……別にお屋敷の外観は変わっていませんし、何かあったのでしょうか？

レオ様の行動に思わず首を傾げていると、私の視線に気付いたレオ様が寂しそうに苦笑しました。

「普段なら要《い》らないと言っても誰かしら迎えに出て来てくれるんだが……忙しいんだろうな」

確かに言われてみると、レオ様と外出した時は、必ずと言っていいほどメイドか執事が待機していたのに今は誰もいませんわ。

しかも主人が長期間家を空けたのにお出迎えもなしだなんてありえないことなのです。とはいえ、寂しそうにしているレオ様の前でそのようなことは言えませんわね。

「仕方がありませんわ。この時間ですし、外出でもしているのかもしれませんわよ」

レオ様も納得したのか、二人でお屋敷の中に入ったのですが、中に入ってすぐ、慌ただしく走り回るメイド達の姿が目に入って来ましたわ。

「え、えっと……後は何をするように言われているんだっけ⁉」

「旦那様の部屋の掃除は⁉」

「わ、私がやりました！」

リーシャが長期のお休みに入っている影響で、指示を出す人がいないみたいですわね。リーシャがとても仕事が出来るという証拠なのかもしれませんが……とはいえ、慌ただしすぎますわ。

それにしても、リーシャには今日到着することを手紙で伝えてあるんですから、わざわざ今日にかぶせる形で長期休暇を取らなくても、と思ってしまいますわね。いや……もしかしたら、何か用事があって休んでいるのかもしれませんし……

色々と思うことはありますが、とりあえずレオ様の少し後ろをついて行くような形で廊下を歩いていると、忙しそうに走り回っていたメイド達が私たちに気付いたみたいですわね。

「旦那様、奥様、おかえりなさいませ！」

「遠かったですよね。長旅お疲れ様です！」

「サティもゆっくり休んだ方が良いわ」

そう声をかけられたのはいいんですが……気のせいでしょうか？

なんだか王都に行っている間に皆との距離感が近付いたような気がしますわ。

今まではシャルロット様、と名前で呼ばれていたのに、奥様と呼んでいましたし……サティだって、メイド達との間で少し距離がある、と思っていたのに、今はニコニコしながらサティに話しかけています。

もしかして、私が知らない間に私の評価が上がった、ということでしょうか!?

一体何が起こっているのか、と思わずメイド達の言葉に返事をするのも忘れてキョトンとしていると、サティも同じことを思ったようで、少し顔を強張らせています。

「な、なんだか公爵家に行く前より歓迎されている感がありますね」

「そうね……いない間に何かあったのかしら？」

そう言ってレオ様の方に視線を向けましたわ。

てっきり王都に向かう前にレオ様からメイド達に何か言ってくれたものと思っての行動だったの

ですが、私の考えは外れていたみたいで、レオ様はサティと同じような顔をしています。

「なんだ？　急に今までと態度を変えられると、何か企んでいるのか疑いたくなるんだが……」

つまり、これはメイド達の判断で私とサティへの態度を変えた、ということですか。

一体何があったのかと三人で近くにいたメイド達に疑いの視線を向けると、メイド達もそんな視線にすぐに気付いたようで、焦ったように手を横にブンブンと振りながら、「企むなんてとんでもない！」と否定しましたわ。

うーん……そうは言ってもこれほどまでに態度が違うと疑ってしまいますわよ。

ですが、ここまで必死に否定しているのに疑うのもおかしな話ですし……

「ま、まぁ……強いて言うのであれば旦那様たちが王都に行っている間に皆で話し合いをしたんです。その時に、シャルロット様たちとこれからも長い間一緒にいるのに、他人行儀のように接するのもいい加減におかしいのでは、という話になったんです」

そう言ったメイドの表情は真剣で、どこからどう見ても嘘をついているように見えません。なので、本当だとは思いますがここまで急に変わられても動揺しますし、メイド全員が賛同してのことなのか、も気になりますわよね。

どう反応していいのか悩んでいる私に、見ていられなくなったのか今まで近くで話を聞いていたメイドがつけ加えます。

「正直、最初は王都の近くに住んでいる都会の令嬢だと聞いていたので、こんな田舎の辺境なんてすぐに逃げ出すと思っていたんです。ですが、シャルロット様の様子を見ていると辺境夫人としてしっかりと役割を果たそうとしてくれているんだと伝わってきて……そう考えたら今までの私たちの態度は失礼だったのでは？　と思って」

そう言うと、近くにいたメイド達もその言葉に大きく頷いているのが見えましたわ。

つまり……私のことを見ていてくれた、そして評価してくれた、ということですわよね。これは……なんでしょう？　凄く嬉しいですわ。

レオ様の負担を減らしたいと考えながらも自己満足なところはあったので、そう評価してもらえるのは本当に嬉しくて、思わずレオ様に視線を向けると、変なことを考えていたわけではない、とわかったからか、優しい目をしています。

「まぁ、何かを企んでいるわけじゃないなら俺は何も言わん。とりあえず俺たちは一旦部屋に戻る」

そう言ったレオ様は私の手を引いてその場を立ち去ろうとします。一旦待った、をかけましたが気付いてくれず、レオ様は前を向いたまま廊下を進んで行ってしまいましたわ。

流石に手を振りほどくわけにもいかないので、なんとか顔だけをメイド達に向けます。一言くらいなら声をかけられるでしょう。

「これからも仲良くして欲しいですわ」

そう言うと、驚いた顔をしていたメイド達はすぐに嬉しそうな顔で頷いてくれましたの。

「も、もちろんです！」

なんだか私の方まで嬉しくなりましたわ。

部屋に戻った私たちは、というと、とりあえずお父様たちがお土産として持たせてくれた荷物の中を開けたのはいいですが、二人で言葉を失ってしまいましたわ。

「これは……」

「あ、あははは……」

だって、ワイン、茶葉、保存期間の長い食べ物の一番上に、ウエディングドレスのカタログが置いてあったんですもの。

しかも一冊ではなく何冊も。

これは流石にやりすぎのような気がしますが、結婚式に乗り気ではないレオ様にとっては良い圧力ですわ。


なんてことを思いながら一週間が経過したのですが、実はこの一週間でレオ様が結婚式について真剣に考え始めてくれましたのよ。

というのも、やっぱりお父様達からウエディングドレスのカタログを持たされた、ということと、陛下達とお話をした時に結婚式をやるように言われたことがどうしても気になっていたみたいですの。

私自身、結婚式を挙げたいと思っていたので嬉しいとは思いますが……やりたくないのに嫌々やるんだったら……と思ってしまう自分もいますわ。

そう思いながら、椅子に座って眉間に皺を寄せているレオ様に視線を移すと、目の前にはお父様達が持たせてくれた量の三倍はあるカタログが置かれていて、気になっているところに大きく印がつけられているのが目に入ってきました。これは……渋々ではないと思いたいですけどね。

難しい顔をしながら悩んでいるレオ様を見て微笑んでいると、丁度レオ様がカタログから頭を上げたので、気になっていることを聞くことにしましたわ。

「私のドレスに悩んでくれるのは嬉しいですが会場とレオ様の衣装は大丈夫です？」

結婚式に前向きになってくれたのは嬉しいですが、会場を選ぶ姿はおろか、真剣な顔をしてドレスを選んでいる姿しか見ていないような気がしましたのよね。いつ式を挙げるのか、会場に関してや招待客に関しては全てレオ様にお任せしているものの、少し心配になってしまいますわ。

そう思いながら、今レオ様が見ていたドレスのカタログを手に取ります。

「あぁ、それなら大丈夫だ」

レオ様がそう言って、机の引き出しの中から一枚の紙を取り出したので、目を通すと、そこには結婚式に関することがズラッと書かれていましたわ。

一応、これで確定、というわけではなく予定とは書かれていますが、既に式場を押さえているみたいですし、ほぼ確定、という感じですわ。

ただ日付が……今から一か月後というのは流石に急ぎすぎでは？

「随分と急いで準備を進めなければいけませんが、この日に何か思い入れがありますの？」

質問すると、レオ様は少し悩んだ後に苦笑して答えてくださいました。

「俺の都合で悪いんだが、これ以上年齢を重ねる前に式を挙げたいと思ってな」

なるほど……そういえばレオ様のお誕生日がもう少しでしたわね。そういうことを気にするのは私達女性だけだとばかり思っていましたわ。

やはり生誕パーティーは領民たちを呼んで開くのでしょうか？　だとしたらまたお料理を考えないと……とまだ先のレオ様の誕生日のことを考えていると、レオ様が意識を引き戻してくださいました。

「これでドレスと式場に関してはほぼ決定したんだが、見たいか？」

そう言って、ついさっきまで睨《にら》み合っていた机の上の紙を差し出してくれたので手に取ると、式場のことについて細かく書かれている書類と、ドレスのデザイン画、そして招待する人のリストが束ねてあって、全部で五枚ほどの枚数がありましたわ。もちろんドレスも気になりますが既に決まっている招待する人が気になりますのよね。

レオ様の交友関係について何も把握できていませんし、結婚式に呼ぶくらいなのでこの家にとっても大事なお客様だと思いますもの。

なんて思いながら、聞き覚えのある名前が書いてあるリストを眺めましたわ。

カイン様と婚約していた時に挨拶をしたことがある人ばかりなので、顔と名前はしっかりと一致しますが、他の辺境伯の名前が一人も書かれていませんわね。てっきり辺境伯同士で仲良くしているものだと思っていたので意外ですわ。

それから……

「やっぱり陛下達は呼ぶことになりますのね」

そう言って、一番上に書いてある陛下達の名前を見つめます。

「まぁ、招待するように言われているのに呼ばないわけにはいかないだろう」

確かに、カイン様のことについて話をした時に何度も言われましたものね。

苦笑しながら、仕方がない、なんて言っているレオ様ですが、嬉しそうにしているのが雰囲気で伝わってきますわ。まぁ、私の懸念は、私の元婚約者の両親、という側面もある陛下達をレオ様がどう思うか、でしたから、レオ様が気にしていないなら構いません。

それにしても招待客ですか……私も誰か招待をと思いますが、友人と呼べる人が少なくて全く思いつかないですわ。

やっぱりどうしても王太子の婚約者だったので、一歩引き気味に相手をされていましたし、私と仲良くしたいというよりは、私の地位を見て仲良くしておこう、という意図が透《す》けて見えましたのよね。

レオ様は私の友人にも招待状を、と言ってくれましたが、そんな相手は一人もいないので遠慮させてもらいましたわ。

唯一招待したい友人のディーナはアルトと一緒に来てくれるでしょうしね。

そう思いながら、招待客リストの下にある紙を見ると、そこには式場について詳しく書かれてありましたわ。

えーっと……レオ様が計画をしている内容というのは、最初に貴族のみを呼んで結婚式を行い、次に領民たちの前に出て披露宴という流れになるようです。私とレオ様は一日中拘束されることになりますが、これなら陛下達も参加しやすいでしょうし、遠くから来ている人達もゆっくりしてから帰ることが出来るでしょうね。

凄く良い計画だと思いますわ。

なんて思いながら次の紙をめくると、式場の作りや雰囲気、花の種類などが細かく書かれているんですが……これはどのような式場になるのか、想像するのが難しいですし、お楽しみということにしておきましょう。

次が……あら、ドレスのデザイン画ではありませんか。

てっきりカタログの中から選んでいると思っていたので、一からデザインをしてくれていたことに驚きながらデザインを見ると、思わず言葉を失ってしまいましたわ。

ウエディングドレスということで、色は当然白ですが、定番のプリンセスラインのドレスにレースがふんだんに使われていて、もうなんて説明したらこの綺麗なデザインが伝わるのかわかりませんが、とにかく可愛くもどこか大人っぽさもあるデザインになっていますの。

まさに私が一番好きなドレスのデザインと言ってもいいものですが、王都で着たドレスといいこのドレスといいレオ様は私の好みを凄くわかっていますわ。

もしかしたら好みが同じなのかも、なんて思いながら嬉しくなっていると、私が急に黙り込んでしまったので心配になったのか、不安そうな顔をして私を覗き込んできました。

もう！　嬉しくて仕方ないときにそんな可愛いことをなさらないでくださいまし！

「ドレス、気に入らなかったか？」

「いや、むしろ凄く良いです！　お屋敷から出ていなかったのに誰がデザインを描いてくれましたの？　お礼を言いたいくらいですわ！」

そう言うと、レオ様は急に表情を強張らせましたが……何か変なことでも言ってしまったでしょうか？　本当に私の好みのデザインなので、出来ることならこれを考えてくれた人にお礼を言いたいのです。

けれどレオ様は教えるつもりがないらしく目を逸らされてしまいましたわ。

「あー……まぁ、それは気にしなくていいことだ」

ただ、目を逸らしたレオ様の顔が少し赤くなっているような気がします。

もしかして……いや、本当にもしかして、私の勘違いかもしれませんが……

「このデザイン、レオ様が……」

「だから、気にしなくてもー……」

恐る恐るそう尋ねると、明らかに動揺した顔をしながら私の言葉を遮ってきましたわ。

そんなレオ様の顔をただただジッと見つめ続けること数十秒、流石に誤魔化すことが出来ない、と察したレオ様は大きくため息をついた後に白状してくださいました。

「俺がデザインしたんだ。もちろん、カタログを見ながら、だが……」

そう言って私の手からドレスのデザイン画を奪い取られてしまいましたわ。

少し我儘を言うと、せっかくレオ様が考えてくれた、ということで、もう少しデザインを見ていたかったたですが、珍しく恥ずかしそうに照れているレオ様の顔が見ることが出来たので、ここはグッと堪《こら》えましょう。

そう思いながらも、やっぱり私の為にドレスのデザインを考えてくれた、ということが嬉しくて、ついつい頬を緩めていると、そんな私に気付いたレオ様に眉をひそめながら聞かれましたわ。

「なんだ？　他にも何かあるのか？」

まぁ、レオ様からすると急にニヤニヤとしている姿を見ると何を考えているんだ、と身構えてしまいます。それはわかっているんですが……やっぱり頬が自然と緩んでしまいますわ。

そんな私に気付いているようで、レオ様は顔を少し赤くしながら
「とりあえず結婚式についてはわかっただろう！　後は部屋でゆっくり休んでくれ」

素っ気なくそう言われてしまいましたわ。

私としてはもう少しレオ様とお話ししたかったのですが……そう言われると仕方がありません。軽く挨拶をしてサティと一緒に部屋に戻ることにすると、どこからか、視線を感じたような気がして立ち止まってしまいました。感じる視線に敵意が混ざっていたような気がしましたのよね。

ただ、私が立ち止まると急にその視線を感じなくなったので気のせいかもしれませんが……やっぱり気になるので辺りをキョロキョロと見渡してしまいます。

「どうしたんですか？」

私の一歩後ろを歩いていたサティが不思議そうな顔をして首を傾《かし》げていますわね。

つまり、私だけがこの視線に気付いている、ということになりますが……いや、気のせいですわよね。

自分に言い聞かせるように、サティになんでもない、と答えて部屋へと急ぎましたわ。

そして時は進み、明日が結婚式の当日になりました。今日は式場の最終確認をした後に、前日から辺境で待機していく予定の招待客の相手をすることになっているんです。緊張しているのか、なんだか気分が上がりませんわ。

式に関しての不安はレオ様がしっかりと準備をしてくれているのがわかっているので全くないですが、なんとなく嫌な予感がするような……本当に式を挙げても大丈夫なのかと不安に感じますの。

部屋の端にある椅子に座って思わずそんなため息をついていると、私が暗い顔をしているからか、サティは明るく声をかけてきます。

「今日はお客様の相手もありますが、お嬢様の準備も沢山ありますからね。普段以上にお風呂上がりのケアをしっかりと行うので覚悟しておいてください！」

いや、もしかしたら気付いていないかもしれません。

だって、今から気合十分という感じでメイド服の袖をまくっていますもの。

私としてはマッサージや髪の毛を長い時間かけて整えるのが苦手ですし、やって意味があるのか、と思っているので、気分は乗りませんが、明日のことを考えると仕方がありません。

「やっぱりそうなるわよね……あまり好きじゃないけど、仕方がないわ」

苦笑しながらそう言うと、サティもつられて苦笑していましたわ。

その後、サティと今日と明日の予定を確認しながら、レオ様の準備が出来るのを待っていると、コンコンと控えめに扉をノックする音が聞こえてきましたわね。

レオ様は明日の為に少し仕事を片付ける、とのことだったので、まだ時間がかかると思っていましたが……もうやることは終わったんでしょうか？　サティに扉を開けるよう頼んで、私は用意してあった上着に手を掛けましたわ。

すると、扉の方から「リーシャさん！　どうしたんですか？」というサティの驚いた声が聞こえてきましたわ。

私たちが王都から帰ってくるのと入れ替わりで長期の休みに入っていたので、会うのは久しぶりですわね。

なんて思いながら一度手に取った上着を再び椅子に掛け直したのですが、中には入ってこないみたいですわ。

「シャルロット様の準備が終わったのか確認と、明日のサティの配置について話をしにきたわ」

そんなリーシャの声が聞こえて来るだけです。

私としては久しぶりに顔を合わせたかったんですが……仕方がありませんわね。とりあえず二人が話し終えるまで座って待っていようと椅子に腰を掛けます。

「私の配置、ですか」

「とりあえず、シャルロット様の準備は？」

「あ、はい。既に終わっていて、今はレオ様が来るのを待っています」

「なら先に明日の話をするわね」

二人の会話が聞こえてきます。

……って、明日のサティの配置について、私も気になりますわ。

確かにサティだけ特別扱いのように私にくっついているわけにはいかないでしょうけど、配置があることは聞いていませんし、てっきり私に何かあったらすぐに駆け付けることが出来る距離にいるとばかり思っていましたわ。

二人の話に聞き耳を立てていると、急にリーシャが顔だけをひょっこりと出しました。

「シャルロット様、少しサティを借りていきますね」

特に何かあるわけでもないので了承しましたが、サティは何か言いたそうにしていますわ。

「え、で、でも！」

きっと私が一人になってしまうので、心配をしてくれているのでしょうけど、すぐにレオ様も来ると思いますし、一人きりになるのは本当に僅かな時間だけです。大丈夫だ、と意味も込めて小さく頷き、行ってらっしゃいな、と手ぶりで示します。

「い、行ってきますね」

渋々ではありましたがそう言って、部屋を後にしましたわ。

まぁ、私も子供ではありませんし一人で待つことは苦痛ではありません。ただ、ここ最近は、サティかレオ様のどちらかが隣にいたので、少し寂しい気もしなくはないですが……久しぶりに一人になってみて、改めて部屋の中をグルっと見渡すと、普段よりも部屋が広く感じましたわ。

それに話し相手がいない、となるとやることが限られてしまいますし……戻ってくるまで何をしていましょう？

本を読むと言っても、途中で外出の時間になってしまうでしょうし……かといって、刺繍や手紙を書く、みたいな貴族の奥様のようなことは準備があるので一人では出来ませんわよね。

うーん……いっそのこと、私の方からレオ様のことを迎えに行こうかしら？

そう思った私は開けっ放しになっていた窓を閉めるために手を伸ばしました。

その、次の瞬間です。

「静かにしろ」

そんな低い声と共に、後ろから誰かに口を押さえつけられましたわ。

廊下から見たら知らない男に抱き着かれているように見えるでしょうけど……ただ抱き着かれているだけだったらどれほど良かったか。

急に現れた男性の手にはしっかりと小型のナイフが握られていて、私の首元に添えられている状況なので、声を出すことはおろか動くことも出来ませんわ。

お母様から、貴族の令嬢は誘拐されることがあるから、と対処法を教わっていましたが、いざ自分がその立場になると体が動かなくなるものですわね。

なんて、意外にも冷静に思いながら、男性の顔を見ようとチラッと視線を向けましたが、しっかりと顔が黒い布で隠れているので誰なのかわかりません。ただ、聞いたことがない声なので私の知らない人だということはわかりますわ。

そう思いながら、男の言う通り何も言わずに、そして動かずにいると、きっと、私が抵抗しないと思ったのでしょう。

「いいか？　騒いだらお前の命はないと思え」

最初に言葉を発した時より声色を柔らかくしてそう言った男性は、スッと口元を押さえていた手を離してくれましたわ。

とはいえ、首にはナイフを当てられているので下手に動くことはできませんが。

「一体何が目的ですの？　このような行動が辺境伯様に見られるとどうなるか、わかっていますわよね」

男性が辺境の領民だったら、この言葉で多少は躊躇ってくれるだろう、と思っての発言でしたが、私の言葉に男性は怯える様子もありません。

「ふんっ、俺はただ依頼されたことをこなすだけだ」

そう言うと、どこからか取り出したロープで私の手を拘束し始めましたわ。

それと同時にナイフが私から離れたのでここで抵抗することも出来たんですが、いくら暴れても男性の力には敵《かな》わないでしょう。

だったら、誰かが来るまで時間稼ぎをして助けてもらった方が良いですわね。

「依頼、ですか……」

呟いて男性の方に視線を向けます。

「静かにしろと言っただろう。話しかけるな」

男性はそう言って、再び私の口元を押さえようとしてきたので、それより先に質問を続けます。

「依頼主は？　貴族ですの？」

しかし、これは悪手でしたわね。

「うるせぇ！」

私に怒鳴りつけると大きく腕を振り上げましたわ。

これは殴られる、と思って反射的に目を瞑ると次の瞬間、聞き慣れた声が扉の方から聞こえてきたではありませんか。

「お嬢様？　誰かいるんですか？」

サティの声ですわ！

てっきりリーシャと話をする為に扉から離れたところにいるんだと思っていましたが、意外にも近いところで待機していましたのね。

ただ……どうしましょう。サティに助けを求めてもこの男性をどうにかすることは出来ないでしょう。だって、メイドの仕事は完璧でも剣術や武術は全くできない、とお父様から聞いていますもの。

なので、サティには誰か頼りになる人を呼びに行って欲しいんですが……その間、時間を稼ぐことが出来るかわかりません。

私がそう悩んでいる間も、扉の方からはサティの声が聞こえてきます。

「お嬢様ー？　あれ？」

そういえば、隣にリーシャはいないんでしょうか？

普通はサティの声とリーシャの声の二つが聞こえてこないとおかしいと思うんですが、サティ以外の声は全く聞こえませんわ。

……って、今はそれを気にしている場合ではありません。

そう思って、チラッと後ろに視線を向けると男性は私をしっかりとロープで縛り終えたかと思ったら、再び私の首元にナイフを当ててきましたわ。

「絶対に言葉を発するんじゃないぞ」

ロープで縛られてしまう前に動くことが出来たらよかったんですが、頭の中では冷静に考えることが出来ても、体が動かずにこのようなことになってしまいました。

ここまで来ると私は何も動くことが出来ませんし……かといって何もせずに連れ去られる、というのはなんだか癪《しゃく》ですわ。

どうにかしてこの状況を打破する方法は……と考えていた時でした。

「リーシャさん、すみません。ちょっとお嬢様の様子を見てきますね」

そんなサティの声が聞こえてきましたわ。

その声を聞いた私は、後になって思えば、助けを求めたかったんでしょう。

「サティ！」

本当に反射的に叫んだんですが……男性に口元を押さえられたと同時に、それ以降の意識がプツンと途切れてしまったのです。

それから、どれほどの時間が経ったんでしょうか？

意識は戻ってきたんですが、目隠しのせいで目を開くことが出来ません。真っ暗な中、周りの状況を音だけで窺《うかが》います。

「おい、まだ辺境伯にバレていないんだろうな」

嫌でも聞き覚えのある声が聞こえてきましたわ。カイン様ですわね。

少し離れた場所で会話をしているのではっきりとは聞こえてきませんが、この声……聞き間違えるわけがありません。

そう思いながら、とりあえず会話を聞こうと息を殺して耳を傾けます。

「もちろんだ。元とはいえ、王子だった人間が人攫《さら》いの依頼をしてくるとはな」

こっちの声は連れ去られる時に聞いた男性の声、ですわね。

「ふんっ！　そんな軽口を叩くなら金は払わんぞ」

「ははっ！　こんなの冗談だ、冗談」

多分、この二人は私が目を覚ましたことに気付いていないんでしょう。

仲良さそうに……とは言えませんが、腹の探《さぐ》り合いをしながらも話を続けています。

ただ、最終的には「ほら、さっさと持って行け」という声が聞こえてきましたわね。

持って行け、ということはきっと依頼をした時に発生したお金のことでしょうけど……カイン様の手元に、人一人攫《さら》うことを依頼出来るような、まとまったお金はないはず。一体どうやって工面したのか……

なんて思っていると、男の声が聞こえてこなくなりました。ただその代わりに、これまた聞き覚えのある声が聞こえてきましたわ。

「シャルロット様の誘拐は成功したの？」

リリア様ですね。この甲高い声……今のように目隠しをされている時は誰なのか一発でわかるので少しありがたい……いや、やっぱりうるさいのでありがたくないですわ。

改めて耳を澄ますと、リリア様の質問にカイン様が答えていますわね。

「あぁ、そこにいるだろう」

近くに寄ってくる気配はありませんが、今はなるべく動かないように、と改めて体に意識を集中させます。

「それで？　リリアはこれからどうするんだ？」

「えー？　とりあえず、今頃シャルロット様がいなくなって結婚式が出来ない、と辺境伯たちは焦っている頃でしょう？　だから、私が代わりに花嫁になろうかなって」

「上手く取り入ることが出来るのか？」

え、えーっと……これはつまり私を誘拐していなくなったところに、リリア様が現れて辺境伯夫人になろう、と計画しているということですか。

そ、そんな馬鹿げた計画聞いたことがありませんわ。

だって、私とレオ様は既に結婚していますし、あのパーティーで醜態を晒《さら》しておきながらそんな考えが出来るなんて、本当におバカさんですのね。

リリア様の計画を聞いて、驚き半分と呆れ半分、という感じで思わずため息をつきそうになってしまいましたがグッと堪えます。今はただ、他にも何か情報を聞き出せないか、と息をひそめることしか出来ません。

「とりあえず、シャルロットの縄はどうする？　このままにしてもいいが、痣《あざ》になってしまったらまずいぞ」

そんなカイン様の声が聞こえてきましたわ。

正直な話、痣《あざ》になってしまう、なんて言いましたが、既に腕がロープで擦《こす》れて痛みを感じていますのよね。流石に声を出すわけにもいかない、ということでずっと我慢していましたし、もし解いてくれるなら初めてカイン様とリリア様に心から感謝しますわ。

心の中でロープを解いてくれるよう願いながら、二人の話を聞いていると
「さぁ？　別にシャルロット様のことなんてどうでもいいわ。リーシャにでも聞いてみたらいいじゃない」

「そうだな。この計画を立てたのもリーシャだし」

……物凄く聞き覚えのある名前が聞こえてきましたわ。

長期の休みの間、お屋敷にはいなかったので実家に帰っているものだと思っていましたが……まさかこのようなことを計画していたとは……

ですが、一体何が目的で？　私がここに来たとき、凄く喜んでいたはずですが……

そんなことを考えていると、急にリリア様が、あっ！　と大きな声を出しました。

「でも、シャルロット様の顔は見たいから目隠しは外しておきたいわね」

そう言って私に近付いてくる気配を感じました。

また急な展開ですわね……

ここはまだまだ目を覚まさないふりをしておくべきでしょうか？

それとも、目隠しを外されたと同時に目を開けてしまった方が、後からタイミングに悩むこともないでしょうか？

私がそう思っている間にも、目の前に人の気配を感じます。と思ったら、目隠しに手をかけられました。

もう、考えても仕方がありません。どうにでもなれ、ってやつですわ！

そう思った私は、意識を失っているふりをするのも疲れてしまった、ということで目隠しが外されたと同時にゆっくりと目を開けました。

当然ですが、ずっと暗い中にいたところに急に光が当たって物凄く眩しく感じますね。とりあえず目隠しも取れたことですし、ゆっくりと辺りを見渡します。

「え!?　い、いつから目を覚ましていたのよ！」

「いつからって……結構前からですわ」

私の正面には驚いた顔をしたリリア様がしゃがんでいるのが見えたので、ニッコリと微笑んでそう返して差し上げます。

「ふ、ふーん……つまり私たちの話を盗み聞きしていたってことね」

何やら動揺しているみたいですが、カイン様が近くにいるのにもかかわらず本性をむき出しにしてそう言ってきましたわ。チラッとカイン様の様子を見ると、こんなリリア様の姿を見ても驚いている様子はないので、きっと猫をかぶるのをやめたんでしょうね。

呑気《のんき》にそう思いながら、口元を引きつらせているリリア様にニッコリと微笑んでおきましたわ。

はぁ……それにしても二人とも酷い格好ですわね。

リリア様の目の下にはとても濃い隈が出来ていますし、洋服だってあれほど華美なドレスを好んでいましたのに、今ではシンプルな白いワンピース……だったのだろう、少し汚れた服を着ています。

カイン様だって、平民が着るような薄い茶色のシャツに黒っぽいズボンというシンプルな、少し薄汚い服を着ています。

王宮で偉そうな顔をしていた二人の印象が強いので、よく耐えられているなぁ、と感心してしまいますわ。

前に会った時とあまりにも変わり果てた二人の姿に、思わず感心していると、何を思ったのか、リリア様は私のことをピシッと指さしました。

「そ、そうやって余裕ぶっていられるのも今のうちなんだから！」

大きな声ですこと。

あまり物がなく、音を吸収しない倉庫の中では、普段から耳に響くリリア様の声がより一層大きな声に聞こえますわね。

リリア様のあまりの声の大きさに思わず顔をしかめながらレオ様を見ると、ビクッと大きく肩を揺らしたかと思ったらすぐに視線を逸《そ》らされてしまいましたわ。

きっと怖くて私の顔を見ることが出来ないのでしょう。

だって、リリア様はこのようなバカげたことを嬉々としてやってしまうおバカさんですが、カイン様は小心者なので、こんなにも大胆なことは出来ないはずですもの。

まぁ、どちらにしろ私が出来ることは変わりません。時間稼ぎと情報収集ですわ。

サティが私の部屋に入ったはずですから、レオ様への連絡はすぐに入ったでしょう。誰がこのような馬鹿げたことをしたのか、リーシャはともかくカイン様とリリア様には安易に思い至ってくださるはずです。ただ、ここがどこなのか、私もわかっていませんし、探すのには苦戦してしまいそうですわね。

ひとまず、私のことを睨みつけているリリア様にそう尋ねると

「それで、何が目的で私のことを誘拐しましたの？　これがレオ様にバレてしまったらどうなるか、あなた方でもわかるでしょう？」

「ふんっ！　そんなの決まっているじゃない！　私がこんな目にあっているのに、シャルロット様だけ幸せになるなんて絶対に許せないのよ！」

そう言って、リリア様は目を鋭くさせましたわ。

正直、は？　と言ってしまいそうになりましたわ。

だって、やっていることは犯罪なのに、その理由が、私も不幸にならないと不公平だ、なんて訳のわからない理由だったなんて……おバカさんだとは思っていましたが、まさかここまでだとは思ってもいませんでしたわ。

「まぁ！　随分なお言葉ですわね。そもそも、私の婚約者を奪って王妃になろうとしたのが一番の原因だというのに……自業自得ではありませんこと？」

大げさに驚きながらも、最後にはニッコリと笑顔でそう言うと、リリア様は顔を真っ赤にさせました。

「でも、こんな結果になったのはあんたが陛下に色々とあることとないこと吹き込んだからでしょう！　そのせいで、王妃になって悠々自適に生活していくという私の計画が全て台無しよ！」

ハッキリとした口調でそう叫ぶと、地団駄を踏むように床をダンダンと踏みつけていますわ。

「あらあら……私からカイン様を奪った、という時は愛し合っている、とか言っていたのに……」

これには思わず呆れ半分でそう呟きましたが、どうやらリリア様には聞こえていないようです。

ヒステリックに「きぃぃぃぃ！」と甲高い声で歯を食いしばったかと思ったら、また叫ばれました。

「そうやって余裕ぶっていられるのも今のうちよ！　すぐにでも辺境伯夫人の座は私のものになるんだから！」

なるほど、王妃になって楽をする計画が上手くいかなかったので、辺境伯夫人になって楽をする計画を立てた、と。おバカさんなりに筋は通っているように聞こえますが、色々と無理な点がありますわね。

たとえば、さっきから夫人になる、と意気込んでいますが……

「おかしいですわね？　私は既に辺境伯夫人ですわよ？」

頬に手を当てて首を傾《かし》げます。

「……は？」

リリア様は間抜けな声を出して固まってしまっていますわね。

隣のカイン様も驚いた顔をしています。

「パーティーの時に言いませんでしたっけ？　レオ様と籍を入れて夫人になった、と」

一応確認の為、そう聞いてみると、二人とも初めて聞いたような顔をしています。

「な、何よそれ！　聞いていないわ！」

「なっ！　お、俺だってそんな話は聞いていないぞ！」

動揺しているのか、怒っているのかわかりませんが二人で言い合いを始めてしまいました。

つまり、私を誘拐したのに全く意味がない、ということで、ただただ大金を払っただけになってしまいましたわね。

なんて思いながら、いまだに言い合いを続ける二人に挑発するように声をかけます。

「それで？　私を誘拐してどうするんでしたっけ？　夫人になる、とか聞こえましたけど」

「なんで結婚式も挙げていないのに籍を入れているのよ！　頭がおかしいんじゃないの⁉」

なぜかリリア様に怒鳴られてしまいましたわ。

そんなことを言われましても……

こちらにも事情っていうものがあるんだ、と言い返そうとした時でしたわ。

急に、倉庫の外が一瞬ではありましたが騒がしくなったような気がしました。

とはいえ、窓がないので外の様子を窺《うかが》うことが出来ませんが……

カイン様とリリア様は外が騒がしいのに気が付いていないみたいですし……

私の気のせいだったのか、と思いながらじっと倉庫の扉の方を眺めていると、バンッと大きな音を立てて扉が開きました。

「「「うぉぉぉぉ！！」」」

何事か、と思った私は反射的に扉の方に視線を向けましたが、扉が開いたのとほぼ同時に雄叫びをあげながら中に入ってきた人たちを確認して、凄く安堵しましたわ。

だって、中に入ってきた人たちは見覚えのある兵士たちだったんですもの。

私が安堵している中、当然この状況に二人は驚いていますわね。

「な、なんなの⁉」

「なんだ⁉」

いくら反射的に、とはいえカイン様とリリア様が同じ反応をするなんて、やっぱり二人は相性がいいのではないでしょうか？

兵士たちが助けに来てくれた、という安堵からか、そんなことを呑気に思っていると、聞き慣れた声が聞こえてきたような気がしました。

「シャルロット！　無事か⁉」

「れ、レオ様……？」

自信のない小さな声でそう呟くと、兵士たちの間からレオ様の姿を見つけることが出来ましたわ。

相当急いで来てくれたようで、あの遠征から帰ってきた時のように汗だくになっていますが、私の姿を見つけると安堵した顔をして駆け寄ってきてくれました。

そんな中、当然ですが突然現れたレオ様たちにカイン様は相当驚いているみたいですわ。

「な、なぜここがバレて……」

せっかく高いお金を出して誘拐したのに、結局は一日も経たずにこの場所がバレてしまうなんて想定外ですわよね。

横目で動揺しているカイン様を見ながら、どうにかしてレオ様たちの方に近付こうと足に力を込めてみましたが、手を拘束されてしまっている、ということもあって上手くバランスがとれません。

だからといって、レオ様たちがいるのにこのような無様な姿を晒《さら》すのも恥ずかしいですわ。

なんとか足を動かすものの、やはり立ち上がることは難しく、下手に動いた方がみっともなく見えるのでは？　と思い始めたときでしたわ。

「やっぱり……想像していた通りだな」

一通り倉庫の中を見渡したレオ様の呟きに返事をする子がいました。

「そうですね。ここまで想像通りだと驚くどころか笑ってしまいそうになりますよ」

そう言って、兵士たちの間からアルトが姿を見せましたわ。

なんだか兵士たちが倉庫に来てから驚かされてばかりですが、アルトまで動いてくれていましたのね。

……ということは、お屋敷の方にお父様たちも来ている、ということになりますが……もしかして、一応はお客様扱いになる私の家族を放置して私の捜索をしていましたの？

い、いや、もちろん嬉しいですし、私の家族は気にしないでしょうが、まさか来客を放ってまでだなんて……嬉しさ半分、申し訳なさ半分と複雑な心境になりますわね。

私が驚きながらも複雑な心境になっている間にも、レオ様たちの方は、というとカイン様のことをキッと睨みつけています。

「第一王子……いや、元第一王子だな」

レオ様が低い声でそう言いました。

そんなレオ様の隣では、まるでレオ様の取り巻きかのように言葉の一つ一つに相槌を打つアルトが立っていて、私から見ても威圧感が凄いですわ。

「平民になってすぐにこのような事をするなんて……自分がどうなるかわかっているよな？」

そう言ったレオ様の顔が、笑顔だ、ということもあってすぐには気付かないかもしれませんが、ものすごく怒っているのが伝わってきますわ。

流石にいくらおバカなカイン様にもそれが伝わったようです。

「い、いや……こ……この件は……俺は無関係というか……む、無理やり連れてこられた、というか……」

そう言いながら顔を青くさせて挙動不審になっています。

ただ、たった一人……リリア様だけはレオ様のお怒りが伝わっていないのか、可愛らしく首を傾げてカイン様とレオ様のことを交互に見ていますわ。

このような状況でもその態度を崩さないのはある意味で尊敬しますが……と思っていると、カイン様は急にハッと何かに気付いたかのような顔をしました。

「そ、そうだ！　俺はリリアたちに唆《そそのか》されただけで、何も悪くない！」

そう叫んで、忌々《いまいま》しいものでも見るかのようにリリア様を睨《にら》みつけたではありませんか。

これには流石の私も言葉を失ってしまいましたわ。

だって、もし本当に唆《そそのか》されただけ、というのであれば上手く私を逃がすことだってできたはずなのに、逃がそうとする気配もなく、言い訳のようなことをして、挙句《あげく》の果てにこんな状況でもリリア様のせいにして……一時期ではあるものの、本気で惚れていた相手にこのような仕打ち、有り得ませんわ。

チラッと目の前にいるリリア様に視線を向けると、まさかカイン様が自分を裏切るとは思ってもいなかったんでしょう。最初は何が起こったのか理解出来ず、唖然《あぜん》とした様子でしたが、時間が経つにつれて徐々に顔を赤くさせましたわ。

一方、カイン様は自分の保身に必死のようです。

「だから、俺は悪くないんだ！　二人に無理やり連れてこられて……」

そう言うと、リリア様も我慢が出来なくなったようで、顔を真っ赤にさせて叫びます。

「ふざけるんじゃないわよ！　カイン様だってあの女の話を聞いて乗り気だったじゃない！」

ギャーギャーと怒鳴り合いが始まってしまいました。

ハッキリ言ってしまうと、こんな不毛なやり取り、くだらないですわ。

だって私からするとどちらも悪いですもの。

なんて思っている間に、いつの間にか近くに来ていたアルトが私の手足を縛っていたロープを切ってくれました。

「怪我はありませんか？　気分が悪いとか……」

心配そうな顔をして私の顔を覗き込んできましたわ。

正直、ロープで縛られていたところが痛い、というのが本音ですが確認をしてみると赤くなっているだけで何もない、ということでお礼を言って立ち上がります。

「なに勝手にロープを解いているのよ！」

意外なことにカイン様と言い争っていたリリア様が私に気付いたではありませんか。

あまりの剣幕に思わずビクッと肩を揺らすと、リリア様がまた叫びます。

「あー！　もう！　本当にありえないわ！」

そうして、髪の毛がボサボサになるくらい乱暴に自分の頭を掻《か》きむしり始めました。

「なんなの⁉　なんで私の思い通りにならないの⁉」

まるで誰かに訴えかけているかのようにそう叫びましたわ。

リリア様のあまりにも急な変わり様に、当然ですが倉庫の中にいた全員が驚いて呆然としていますわね。

もちろん、私も本当に急なことだったので驚いていますし、一体何が起こっているのか、状況を理解するのがやっとです。

まぁ……とりあえず、今まで溜め込んでいたのが一気に爆発してしまった……とかそんな感じなのでしょうか？

とはいえ、あれほど自由に過ごしていたリリア様がこうなってしまうのは何だか納得ができませんわよね。

「カイン様もカイン様よ！　王太子だからって近付いたのに、簡単に王太子の座からおろされて、挙句の果てに絶縁なんて……もし最初からそれがわかっていたら近付かなかったわ！」

そう叫ぶと、憎い相手を見るかのように、キッと鋭い視線をカイン様に向けましたわ。

急に暴走し始めたリリア様に名指しで文句を言われたカイン様はというと、当然ですが驚きで言葉が出ないらしく、都合が悪いのか再び黙り込んでしまいました。

まぁ、カイン様からすると、ついさっきまで今回の件の責任を全てリリア様に押し付けようとしていたんですから、都合が悪くて文句を言いたくても言えませんわね。

ただ、リリア様の発言に関しては全て自業自得です。

カイン様を誑《たぶら》かして近付いたのはリリア様の意思ですし、王太子のままでいて欲しいのであれば、リリア様が私のやっていたことと同じことをすれば良かっただけです。

それに、陛下たちから絶縁されてしまったのもカイン様だけのせいではありませんわよね。

なんて思っていると、私をカイン様たちから庇うように立っているアルトが何かを探すように辺りをキョロキョロと見渡しています。

この局面で普通に話しかけると支障がありますから、声を落として尋ねましょうか。

「どうしましたの？」

「いや……武器は持ってきたんだけど捕縛のロープとかがないからどうしようかと思いまして……」

そう言って苦虫を噛み潰したような顔をしましたわ。

なるほど……確かに兵士たちの手には立派な武器が握られていますが、どこを見渡してもロープはありませんわね。

さっきまで私の手足を縛っていたロープを、と思いましたが、切ってしまったので使えませんし……今から取りに行くのも不可能ですわ。

倉庫の中に何か使える物はないか、と見渡してみますが、当然そう都合のいいものなんてあるわけもなく、目に入ってくるのは食料の入っていた籠と、私を縛っていた短いロープ、そして簡易的に置いてある机と椅子のみ、ですわね。

アルトと同様に、私も辺りを見渡しながらも、いまだに睨み合っているレオ様たちの様子を窺うと、リリア様は怒りの矛先をどこに向けたらいいのかわからなくなっているみたいです。

「そもそも、辺境伯様だって私が家に行ってあげたのに受け入れないのはおかしい話なのよ！　私のような可愛い令嬢が話をしたいって言ってあげているのよ！」

そうレオ様に叫んだのかと思ったら、今度はカイン様に顔を向けます。

「カイン様だって、自分は悪くない、みたいな顔をしているけど私と婚約した後もシャルロット様を連れ戻すことばかり考えて！」

もう何でもかんでも叫んでいますわね。

どうやらアルトと私が話をしている間、ずっとこの状況が続いているらしくレオ様はうんざりとしたような顔でため息をついていますし、カイン様も疲れ切った顔をしていますわ。

「なんだかめちゃくちゃですね」

思わず私までため息が出そうになったところでアルトがそう言ったので苦笑しましたわ。

「えぇ。でもそれだけリリア様も限界だったんでしょう」

すると、それとほぼ同時くらいだったでしょうか？

ゆっくりと倉庫の扉が開きました。

扉の方に視線を向けると、そこにはリーシャ……ではなく、レオ様達が連れて来たのであろう兵士が中の様子を窺うようにキョロキョロと辺りを見渡していますわ。

いや……本当にレオ様がつれて来た兵士の一人でしょうか？

その割には動きが怪しいと言いますか、あまりにも挙動不審のような気がしますわ。

だって、倉庫の中に入ってくるわけでもなく、今でも扉の持ち手に手をかけたまま、動く気配がありません。ということは、カイン様かリリア様、又はリーシャの協力者とかそんな感じでしょうか？

そう思った私は、レオ様たちの方を見ているので、兵士の存在に気付いていないであろうアルトに声をかけましたわ。

「アルト、あの兵士って……」

すると、私の発言にアルトは一瞬驚いたような顔をしましたが、扉の方に視線を向けるとすぐに納得したかのような、安心したような、そんな表情をしました。

「大丈夫です。あの兵士は私が頼み事をしていた人ですから」

そう言って、目で何かの合図を送りましたわ。

当然ですが何を頼んだのか、なんてわかるわけもない私は、あの兵士がどう動くのか、とただただジッと様子を窺っていました。すると、今まで扉の近くから動く気配がなかったんですが、急にサッと倉庫の中に入ってきましたわ。

そして、カイン様たちに気付かれないように、倉庫の端の方に移動をすると、持っていた袋の中から一本のロープを取り出したではありませんか。

ついさっきまで拘束する道具がないと言っていたばかりだったので、これには驚いてパッとアルトの方を見ます。

「こうなることを想定してロープを持ってくるよう頼んだんです。ただ、思った以上に突入が早くて……」

そう言って苦笑しましたわ。

なるほど……なのでさっきまでは物凄く微妙な顔といいますか……複雑そうな顔をしていましたのね。

これでカイン様達を捕縛することが出来るようになった、ということでレオ様の方を確認すると、どうやらレオ様も兵士たちもロープが届いたことに気付いていたようで、空気がさっきよりもピリついているのがわかりますわ。

ただ、カイン様とリリア様はこの変化に気付いていないみたいです。

その証拠に、最初は都合は悪く、下を向いていたカイン様も、今ではリリア様の言葉に限界を迎えたのか売り言葉に買い言葉状態で、それぞれ責任の押し付け合いと罵《のの》り合いをしていますもの。

いつになったらこの言い合いは終わるのか、と思いながら眺めていると、どうやら皆の準備が整ったようで急にアルトがパッと私の方を向いたかと思ったら、物凄く真剣な顔でこう言われましたわ。

「合図を送ったら姉様は出来るだけ倉庫の端の方に移動してください。簡単に捕らえられるでしょうけど何かあったら大変なので」

これには素直に頷きましたが、私のせいでこれほどまで大事になっているので、何かお手伝いをしたい、というのが本音ですわ。ただ自分すら守れない私が手伝えるようなことなんてありませんし、むしろ動くことによって邪魔になってしまいますわよね。

そう思いながらアルトの合図を待っている間にもカイン様たちの言い合いは続いています。

「カイン様のせいで私がこんな目に遭っているのよ！」

「はぁ!?　それを言ったら俺だって今まで言わなかったがリリアのお願いを聞いていなかったら今頃はシャルロットと結婚して国王になっていたんだぞ！　リリアのせいで全てが狂ったんだ！」

先程から同じような話しかしていないので、そろそろ聞き飽きてきたと思わずため息をつきそうになった時でしたわ。

「今です！」

そんなアルトの声が聞こえてきて、反射的に勢いよく地面を蹴りました。

壁までの距離は約十メートルで、あまり遠くないおかげですぐに到着しましたわ。

そして、なるべく邪魔にならないようにと、壁に背中をピッタリとくっ付けて、気配を消すように息を殺すと、私が倉庫の端の方に到着したとほぼ同時くらいに、カイン様とリリア様の声が聞こえてきました。

「な、なんだ⁉」

「ち、ちょっと！　離しなさいよ！」

これは、多分見ない方が良い、と判断した私は、壁側に体を向けて倉庫の中が静かになるのを待ちました。

だって、もし私がカイン様の立場だったら、犯罪者として捕まってしまうところを知人に見られたくありませんし……最後にちょっとした気遣い、というやつですわ。

そう思いながら、倉庫の壁側をただただジッと眺めている間にも、私の背中の方では、騒ぐリリア様の声が聞こえてきました。

「なんで私がこんな扱いをされないといけないのよ！」

カイン様の声は……抵抗することを諦めたのか、全く聞こえてきませんわね。

そして、時間が経つごとにリリア様も抵抗することを諦めたようで、静かになったのを確認して振り返ると、しっかりとロープで縛られた二人の姿が目に入って来て、手足を拘束された今でも何やら文句を言おうとしているリリアさんはしっかりと口を塞がれていますわ。カイン様は、意外にも大人しく拘束されて今では斜め下を向いて黙り込んでいますわね。

てっきりリリア様程ではないとはいえ、多少騒がしくなるだろう、と思っていたので想定外ですが……なんて思っていると、レオ様が私に駆け寄ってきて、私の肩をガシっと掴みました。

「シャルロット！　大丈夫か⁉」

駆け寄ってきたレオ様は、ついさっきまで鋭い目をして兵士たちに指示を出していた人と同一人物だとは思えないくらい、心配そうな顔をしていて凄く申し訳ない気持ちになりましたわ。

「えぇ、私は大丈夫ですわ。思っていた以上に早かったので凄く助かりました」

そう言って微笑むと、レオ様は安心した顔をして優しく微笑みましたわ。

すると、それを見ていたアルトが、なぜか遠慮気味に私に話しかけてきましたわね。

「あ、あの姉様？」

なぜ小声なのかわかりませんが……どうしたのでしょう？　首を傾げて続きを促《うなが》します。

「いや……こっちからどうこう言うことではないと思いますが、もう少しこう……何か感動の再会、みたいなのがあっても良いと思うんですけど」

苦笑しながら言ってきましたが、まさかそんなことを言われるとは思ってもいなかった私は、一瞬何を言われたのか理解が出来ず固まってしまいましたわ。

確かに言われてみると、普通なら誘拐された私が無事だったとわかった段階で、何かしらあってもおかしくはないと思いますが、アルトに言われるまで私も特に気にしていませんでした。

だって、こうして私を探し出してくれただけで凄く嬉しかったですからね。

それに、既にこうやって顔を合わせて結構な時間が経っているので今更のような……

「ほら、例えば感動の再会、ということでハグをするとか……僕たちの前でキスなんてされたら少し目のやり場に困ってしまうから二人の時にして欲しいですけど」

ニヤニヤしながらそう言うアルトは完全にからかっていますわよね。どう反応するのか楽しそうに待っているのが表情で分かりますわ。

ですが、こんな倉庫の中で、しかも兵士やアルトたちがいる前でき、キスをするなんて……そんなこと出来るわけがありませんわ！

「そ、そんなことはしませんわ！　こんな人前で！」

「あ、ということは、僕たちがいなかったら、した可能性があった、ということですか？」

まるで揚げ足をとるようにニヤニヤと笑いながらそう言ってきたので、レオ様にはバレないように軽くアルトの頭をはたくと、口を窄《すぼ》ませて兵士たちの所へと合流しに行きましたわ。

全く……兵士の人達が倉庫の中を調べている間に一体なんてことを言いますの？

流石に場違いな発言でしたわよ。

そう思いながら、レオ様に問いかけます。

「カイン様達は絶対に見つからない、と自信満々でしたのに、よくここがわかりましたわね」

純粋に気になったので尋ねると私の言葉に対して、少し都合の悪そうな顔をしながら、あー……と呟いていますね。

「協力者がいたからな」

そう言って、倉庫の外の方に視線を向けましたわ。

一体誰が……と思ってレオ様の視線の先に目を向けると、そこには中に入るか悩んでいるのか、困ったような顔をしているカンナさんの姿がありました。

「カンナさん⁉　まさか、協力者って……」

そう言ってレオ様を見ると、何とも言えないような顔をしながら小さく頷きましたわ。

これには理解をするのに少し時間がかかってしまいましたわよ。

だって、まさかカンナさんがレオ様に協力をするとは思ってもいませんでしたし、正直私がいなくなった、ということでカンナさんもリリア様のような行動をすると思っていました。

何か考えがあってのことなのか、と思って改めてカンナさんを見ると初めて会った時のような雰囲気とは全然違って、シュンとした、大人しい雰囲気を纏っています。

これには驚きというか、戸惑いますが、あの自信満々の時のカンナさんよりもしっくりときて、初対面の時のカンナさんの方が無理をしていたのでは？　と思えてしまいますわね。

「え、えーっと……その、ありがとうございます？」

あんなことがあったのでカンナさんにどう声をかけていいかわからない私は、お礼なのか何かわからないようなことを言ってしまいましたわ。

だって、一応カンナさんは接近禁止ということになっているのに、私の目の前にいますし……

あぁ、もちろん接近禁止はレオ様が決めたことなので、そのレオ様が許可をしているのであれば何も問題はないのでしょうけど。

なんて思いながらレオ様を見ると、私が怒ると思っているのか、それとも、自分で接近禁止と決めたにも関わらず、こうなっていることに都合が悪くなっているのか顔を引きつらせています。

「こ、これには事情があってだな」

そんなレオ様に援護するように、カンナさんが申し訳なさそうな顔をしながら言ってきましたわ。

「す、すみません。レオン様は何も悪くないんです。私の方から案内すると言ったんです」

なんでしょう？

私がこの二人の浮気現場を見てしまって言い訳をされているような……そんな空気が流れています。正直、接近禁止と言われていたカンナさんと会っている、ということよりも流れているこの変な空気の方が私からすると不愉快ですが、そんなことを言っている場合ではありませんね。

「別に怒ってもいませんしそんな言い訳のようなことをしなくていいですわよ」

ニッコリと微笑みながらそう言うと、レオ様も流れている空気の違和感に気付いたんでしょう。急に慌て始めました。

「もちろん俺とカンナとの間には何もないからな⁉　アルトもずっと一緒にいたし！」

まるで言い訳のような発言をして必死にアルトに視線を向けましたわ。

もちろん、何もないのはわかっていますし、私が誘拐されたことを知っているのにカンナさんとの間に何かあったら、それこそ本気で離婚を考えますわ。

なんて思いながら、苦笑してレオ様を見ていると、遠慮気味にカンナさんが私に声をかけてきましたわ。

「シャルロット様」

「は、はいっ⁉」

これには驚いて、思わず大きな声で返事をしてしまった私ですが、カンナさんはそんな間抜けな私を笑うことなく深々と頭を下げてきましたわ。

「あの時は本当に申し訳ありませんでした。私、誤解していました」

「誤解……ですか？」

カンナさんが誤解って……確かに、カンナさんに声をかけられたときに色々と強く言われましたが、仕方のないことだ、と思っていましたのよね。

なので、謝罪をされるようなことは何もない、と思っているんですが、カンナさんのあまりにも真剣な顔を見るとそうは言えませんわよね。

そう思った私は、深々と頭を下げているカンナさんにこう言いましたわ。

「あの時のことは元々怒ってはいませんし、気にしないでくださいませ」

するると、私がそう言うのは想定外だったんでしょうね。

カンナさんが勢いよく顔を上げると、凄く驚いた顔をしていましたわ。

さて、その後お屋敷に戻りながらカンナさんからは色々な話を聞きましたわ。

私がカンナさんから聞いたのは大きく分けて二つ。

さっき言っていた誤解というのは一体なんのことなのか。

それから、なぜあの倉庫の場所にレオ様達を案内することが出来たのか、ということですわ。

まず、カンナさんの誤解についてですが、どうやら私がこの領地に来る前、カンナさんのようなレオ様に好意を寄せていた女性たちに対してこのような噂が流れていたみたいなんです。

「王太子と婚約していた令嬢がレオン様に一目惚れをしたから、王令を使って無理やり結婚しようとしている。レオ様は嫌がっているから助けてあげるべきだ」

もちろん、そのようなことはあり得ませんし、私は婚約者がいるのにも関わらず他の男性に現《うつつ》を抜かすようなことは絶対にありません。

あ、誤解しないように言っておきますが、カイン様のことが好きだから、とかそんな理由ではありませんわよ？

貴族の中にも婚約者がいるのにもかかわらず、他の男性を好きになってしまう人もいますし、それも否定しません。

ただ、わざわざ婚約破棄をしてまで他の男性に、というのは常識としてありえないことだ、ということですわ。

まぁ、その常識というのは貴族の間でのことですからね。

平民として普通に過ごしているカンナさん達からすると、自由恋愛が当たり前なのでそういうこともあり得る話なんだろう、と思ってしまうのは仕方がないことなのかもしれませんわ。

これに関しては、カンナさんから話を聞いた時に改めて訂正させていただきました。

「もうわかっているとは思いますが、確かに王令でここに来ましたの。もちろん今はレオ様のことが好きだから、という理由で結婚しましたが、最初は顔も性格も、何もわからない状態でしたのよ？」

そう言うと、カンナさんはシュンとした顔をしながら、本当に申し訳なさそうに目を伏せましたわ。

「両親から聞きました。でも初めて会った時はレオン様の見た目だけで寄ってきたんだ、助けないと、って思ってしまって……」

まぁ……確かに好意を寄せている相手にそんな人が近付いてきたら文句の一つくらい言いたくなりますが、カンナさんのあれは文句というより私に対してマウントを取っただけでしたよね。

さて、次になぜあの倉庫の場所がわかっていたのか、についてですが、理由を聞いて驚きましたわよ。

「実は私も今回の件に誘われていたんです」

だって、誘われた、ということはつまり、一緒に私のことを誘拐しないか、と言われたんですのよね？

そんな軽い感じで犯罪をされたら堪《たま》ったものじゃありませんわ。

「誘われたって……そんな軽い気持ちでやるようなことじゃないんですけどね」

驚きのあまり言葉を失っていると、話を聞いていたアルトが、私の思ったことを代弁するかのように、苦笑しながらそう言いましたわね。

レオ様も苦笑しながら頷いていますし、カンナさんも「私もそう思って断ったんです」と苦笑していますわ。

ただ、そこでカンナさんがまだ私に対して恨みを持っていて、この訳のわからない誘いに乗っていたかもしれない、と思うと……なんだかゾッとしますわね。

だって、カンナさんがいなかったらレオ様達は倉庫までたどり着いていなかったわけですし……断ってくれて本当によかったですわ。

なんて思っていると、苦笑していたカンナさんは急に真剣な顔をしました。

「そしたら、この地図を置いて、気が変わったらここに来て欲しい、と。そしたら見たことのない馬車が家の前を通ったのでもしかして……と思って」

そう言って懐から一枚の紙を取り出しましたわ。

皆でその紙を覗き込むと、そこには森の入り口から倉庫までの道のりが細かく書かれています。

「なるほど……それで倉庫の場所がわかりましたのね」

呟くと、カンナさんは無言で頷きました。

普通の地図だとあの場所にはたどり着けなかったかもしれませんが、この地図には目印になる物や木、生えている草のことまで細かく書かれていて、あれほどわかりにくい倉庫の場所が簡単に発見できるようになっています。

これを書いた人は、地図を書く専門職になった方が良いのでは？　という程の出来ですわよね。

そう思った私が感心しながら地図を眺めていると、今まで黙っていたアルトがカンナさんに質問しました。

「誘われた、と言っていたけど、誰に言われたのかは覚えている？」

「深くローブを被っていたので誰なのかはわかりませんでした。声は女性だった、ということだけはわかっていますが……」

申し訳なさそうな言葉に、話を聞いていたレオ様がポツリと呟きます。

「仮にシャルロットのことを誤解したままだったとしても、そんな怪しげな相手の提案、誘われても流石に頷けないよな」

これには皆苦笑しながら頷くしかありませんでしたわ。

さて、要するにカンナさんが持っている犯人の手がかりは、女性であること、だけですか。

ただ、カイン様もリリア様もリーシャに言われて……と言っていましたわ。

なので、カンナさんに話をしに行ったのもリーシャでほぼ間違いがないでしょうね。

とりあえず、カンナさんから話を聞いてわかったことは、カンナさんも上手く利用されていたということ、それから、私を誘拐する前にカンナさんにも声をかけていた、ということですわね。

きっと、カイン様とリリア様だけだと不安なところがあったので少しでも味方を付けたいと考えてのことですが、それが今回仇となってしまったのはリーシャも想定外だったはずですわ。

まぁ、私自身カンナさんがここまで反省をしてくれていたとは思ってもいませんでしたが……きっとカンナさんのご両親が私たちの知らないところで頑張ってくれたんでしょう。

そう思いながらチラッと私の少し後ろを歩くカンナさんに視線を向けると、チラチラとレオ様の様子を窺《うかが》うように見つめているんですが、前に感じた恋する乙女、という雰囲気は微塵も感じられず、完全に怯えているのがわかりますわ。

……もしかして、案内をしてもらう時に脅してなんかいませんわよね？

だって、あんなに盲目になってしまうほどレオ様のことが好きだったのに、今ではそれがなかったかのような状態になっているんですもの。

アルトの方はチラチラとカンナさんを見ているんですが、明らかに警戒していますし……倉庫を出てからずっとこの状態で、どんな顔をすればいいのかわからなくなりますわ。

かといって、私から明るい話題を振るのも状況を考えるとおかしいですし……この状況は仕方がないことなんでしょうか？

そんなことを思いながら、ひたすら無言で歩き続けること約一時間。

無事にお屋敷に到着しましたが……どうやら私が誘拐されてしまった、ということがこの領地全体に伝わっていたらしく、お屋敷までの道のりで、すれ違う領民のほとんどが喜んでくれましたわ。

「シャルロット様！　無事だったんですね！」

普通に考えると、元々その土地の人間ではない貴族の令嬢……いや、夫人が誘拐された、となると、誘拐先で辱《はずかし》めを受けたのではと邪推され、嫌な顔をする人の方が多いのではと思って心配していましたが……そういえば、レオ様の方も私が誘拐されて心配はしていましたが、嫌な顔一つもしませんでしたわね。

もしかして、辺境ともなると人が誘拐された、というのはよくあることなんでしょうか？　それとも、何もされていないだろう、という考えなんでしょうか？

まぁ、どちらにしてもレオ様の結婚相手に相応《ふさわ》しくない！　と言われるよりも何倍も良いですし、私の方も今回の件で何かしら言われるよりも気が楽なのでありがたいですけどね。

なんて思いながら、レオ様の後ろをついて行きます。

「とりあえず、シャルロットの無事な姿を公爵たちに見せるのが最優先だな」

レオ様が呟いたのが聞こえてきましたわ。

これには、そうですわねと返事をしましたが、今頃お父様達も心配していますわよね。

こうしてレオ様、つまり領主が直々に私を迎えに来られたのも、結婚式のためにお父様達が訪ねて来ていて、領主不在でもある程度判断を委ねられる人間が家で待っていてくれているおかげですし……一応私たちよりも先に、カイン様達を連れた兵士たちがお屋敷に戻っているので、今回の件について大体想像は出来ているでしょうけど。

コンコン、と軽くノックをして応接室の中に入っていくレオ様に続いて私も中に入ります。椅子にはお父様とお母様、ディーナ様と既に到着していたらしい陛下と王妃様が真剣な顔をして話をしていましたわ。

そこから少し離れたところで、陛下たちがつれて来たであろう王宮のメイドとサティが立っているんですが……どうやら陛下達が到着してから結構な時間が経っているみたいですわね。

その証拠に用意されている茶菓子のほとんどがなくなっていますし、王宮のメイドなんて疲れが顔に出てしまっていますわ。

さて、私とレオ様が応接室に入ってきたのを確認すると、一番にお母様が私に駆け寄ってきてくれましたわ。

「シャルロット！　何もされていない!?　無事!?」

「えぇ、何もされていませんわ。ロープで手足を縛られたくらいです」

苦笑しながら言うと、お母様に続いて王妃様が本当に申し訳なさそうな顔をして私に駆け寄ってきてくださいます。

「本当にごめんなさい。婚約破棄をしても縁を切っても貴方に迷惑をかけるとは思わなかったわ……」

深々と私に頭を下げてきましたが、この光景も何度目になったのか、という感じですわよね。

全てカイン様が粗相《そそう》をしての謝罪だ、というのがなんだか複雑な感情になりますわね。

王妃様達は何も悪くないのに、何度頭を下げさせるんだ、と思うとはらわたが煮えくり返ってくるような、本当に腹立たしく感じますわ。

ただ、その怒りを王妃様たちに向けるのはおかしな話ですし、私としても王妃様のこのような姿は見たくありません。

「王妃様！　頭を上げてください！」

そう言って、頭を下げる王妃様の顔を覗き込むようにしゃがんだんですが、王妃様は頭を上げることはありませんでした。

「でも、絶縁したとはいえカインは私の息子だもの。謝らせてちょうだい」

そのまま強く目を瞑《つむ》られましたわ。

その姿を見ていて、なんだか胸がギュッと締め付けられるような感覚になりました。カイン様にはもちろん怒り以外、何の感情も湧いてきませんが、王妃様からするとあんな男でも血の繋がった息子なのですよね。

「王妃様、頭を上げてください」

静かに、そしてなるべく優しい口調でそう言うと、王妃様は驚いたような顔で頭を上げてくれました。安堵しながら私はハッキリとした口調でこう言いましたわ。

「今回の件もですが、婚約破棄を勝手にされたときから全ての行動の責任はカイン様にありますわ。なので、謝罪は王妃様からではなくカイン様本人にしてもらいます」

まさか私からそう言われるとは思ってもいなかった王妃様は元々驚いた顔をしていましたが、更に目を大きく見開いて私のことを見ておられます。

「まぁ、謝られたとしても許すかどうかはわかりませんが……」

「そ、それは当然よ！　私がシャルロットだったら絶対に許さないもの！」

苦笑しながら付け加えた私に、大きく頷きながらそう言う王妃様の姿がなんだか面白く感じて思わずクスッと笑ってしまいます。それにつられて王妃様も頬を緩めたのがわかりましたわ。

私たちがそんな話をしている中、レオ様と陛下、お父様、そして少し遅れて応接室に入ってきたアルトの四人は、椅子に座って真剣な顔をして今後の話をしていましたわ。

どうやらリリア様はまだ男爵令嬢ではあったので、家の方に連絡をしてその後に処罰を決める、ということになるみたいですが、カイン様のことについては相当悩んでいるみたいですわね。

絶縁したとはいえ、一応王族だった人ですし、既に貴族達や王都の方ではカイン様が絶縁された、という話は広まっているみたいですが、今回の件を公《おおやけ》にするべきか、それとも内密にして私たちの間で収めるべきかについても、意見が割れているみたいですわ。

その様子をよそに、心配そうな顔をしながら私のことをジロジロと見ていたお母様が何やら私のドレスを掴んだり髪の毛を触ったりし始めましたわね。

この状況にはあまりにも相応《ふさわ》しくない行動ですし、お母様らしくない行動ですわ。

「お、お母様？　一体どうしましたの？」

私が誘拐されてしまったと聞いておかしくなってしまったのでは？　いえ、でもさっきまでは心配そうだったとはいえ、比較的落ち着いていましたよね!?

「何もされていないのはわかっているけど、怪我はないのかと思って……」

そう呟いたかと思ったら、部屋の中に皆がいるにもかかわらず軽く私のドレスの裾《すそ》を上げましたわ。

これには驚いて思わずお母様の手を振り払いそうになってしまいましたが、お母様なりに私の心配をしているからこその行動ですわよね。

そう思うと、ヘタに強く言うことも出来ません。

とりあえず、されるがままの状態でお母様の気が済むまで確認をしてもらうのが一番いい、と思った私は、特に抵抗をすることなく、でも目でサティに助けを求めながら何を言われるのか待ちましたわ。

するとお母様は私のドレスのスカートを持ったまま固まったかと思ったら急にしゃがみ込まれ

ました。

「ほら、足首のところに痣《あざ》が出来ているわ！」

そう言うと、私の足首を指さして眉間に皺を寄せているではありませんか。

ま、まぁ……ロープで縛られていたんですから多少の痣《あざ》くらいはつきますわよね。

カイン様を庇う訳ではありませんが、結果痣《あざ》になってしまいましたが出来る限り緩めにしてくれた、ということで、一応そのことを伝えようとすると、私よりも先に王妃様が今日で一番の声の大きさで叫びましたわ。

「なんですって⁉　女性に痣《あざ》をつくるなんて絶対にあってはいけないことよ！」

これには驚いて、キョトンとした顔で王妃様を見てしまいましたわ。

「これは仕方がない事ですわよ。ロープで縛られていたんですもの」

なんとかそう言うと、二人とも納得はしていない様子でしたが、騒ぐのをやめてサティと私に指示を出し始めます。

「とりあえず、私も行くからドレスを着替えましょう。随分と汚れてしまっているわ」

サティもすぐにお母様の視線に気付いて小さく頷いていますわね。

確かに陛下たちがいるのに、こんなに汚いドレスでいるのは申し訳ないですし、それは賛成です。

ただ、お母様のあまりの切り替えの早さに戸惑ってしまいましたわよ。

お母様とサティ、そして私の三人で部屋に戻った私は、中の状態を見て思わず苦笑してしまいましたわ。

だって、割れた花瓶や靴の足跡が、おそらく私が連れ去られた時から、そっくりそのまま残っていたんですもの。本来はショックを受けるべきところなのかもしれませんが、普段なら床に落ちている小さな埃すらすぐに綺麗にしてくれているのに、と、物珍しさが勝ってしまいました。こんな光景、もう二度と見られませんわね。

メイド全員が捜索に参加した、とは聞いているので相当忙しかったのか、それとも誘拐したあの男性について手がかりを消さないように、とレオ様の指示で片付けをしなかったのか……どちらにしても、凄く珍しい光景なので、なんだか新鮮な気分ですわ。

「あら……随分と汚れているのね」

私に続いて入ってきたお母様が驚いた顔をしながら呟いたのが聞こえてきたので、何も言わずに苦笑だけを返すと、少しばつの悪そうな顔をして苦笑を返してくれましたわ。

お母様が今回の件についてどこまで話を聞いているのかわかりませんが、この足跡と部屋の散乱した様子を見ると、私が部屋にいるときに誘拐されたんだ、そして部屋の掃除をする余裕すらなく探し回ってくれたんだ、と流石にわかるはずですわ。その証拠に、部屋に入ってきたばかりのお母様と今のお母様とでは少し表情が違いますもの。

きっとあの呟きは、思わず呟いてしまった、という感じなんでしょうね。

まぁ、部屋の掃除はあとからサティにお願いするとして、今はとにかく着替えが最優先ですわ。

そう思った私は、クローゼットを開けてドレスを選んでいるサティに視線を向けました。するとサティは何を思ったのか、クローゼットの前に立っていたにもかかわらず急に私の前に来て、深々と頭を下げて来たではありませんか。

「お嬢様、本当に申し訳ありませんでした」

流石に何に対する謝罪なのか、もわかりませんし、何より私が知る限り、サティは何も悪いことをしていないのです。

「ど、どうしたの？　なんでサティが謝るのよ」

咄嗟《とっさ》に返事をしましたが、本当になぜ謝ってくれたのかわかりませんわ。

……え？　もしかして、私がいない間に何か問題事があったのでしょうか……？

ほら、例えばベッドメイキングをミスしてシーツを汚してしまった、とか……あぁ、もしかして、部屋の掃除が出来ていないことについての謝罪とかでしょうか？

そう思って部屋の中を見渡してみますが、やっぱり掃除がされていないだけで、他は普段通りの部屋ですわ。ベッドメイキングは朝のうちに終わっていたので、今でも乱れることなくしわの一つもありませんし……窓にも手垢一つ残っていません。

あ！　もしかして、今クローゼットを確認している最中に、間違ってドレスを破いてしまった、とか？

そう思ってパッとサティを見ましたが、謝罪から頭を上げたサティの顔があまりにも真剣で、そんなくだらないことの謝罪をしているわけではない、ということがしっかりと伝わってきましたわ。

えーっと……サティが本気で私に謝罪をしている、ということはわかりましたが、一体なんのことについて謝罪をしているかわかりません。そのまま、部屋の中にはなんとも言えない、不思議な緊張感が流れ始めましたわ。

お母様も私の反応を見て何事か、と様子を窺《うかが》っているみたいですし……サティはサティで真剣な顔をしたまま、次の言葉を選んでいるのか黙り込んでしまいましたし。なんとか話をしないと、と思った私は必死に頭を働かせてサティにかける言葉を探していると、私よりも先にサティが言葉を選び終わりましたわ。

「私がお嬢様の傍を離れなかったらこのようなことになっていなかったんです。いくらお屋敷の中とはいえ、警戒をしておくべきでした」

まさかそのことで謝罪をしているとは思ってもいなかった私は、思わずなるほど、と言いそうになってしまいました。

つまり、サティは自分が私から離れてしまったから今回のことが起こってしまった、と思っていますのね。正直、誘拐されていた間も今も、そのようなことは一度も思ったことがないので、サティの言葉は想定外でしたわ。

一応、お母様はどう思っているのか、気になった私は、チラッと少し離れたところで立っているお母様に視線を向けましたが、どうやらお母様も私と同じようなことを思っているみたいです。本気で落ち込むサテイに苦笑しているのが見えて、少し安心しましたわよ。

私の考えは合っているんだな、ということがわかった私は、大きく息を吸った後に完全に落ち込んでいるサティに声をかけます。

「そうは言ってもサティと私を誘拐した男性が対峙したら敵《かな》う訳がないわ。私としては、一人だったことで被害が最小限に抑えられた、と思って安堵しているのだけど」

「で、ですが……」

サティは納得が出来ないのか再び何か言おうとして言葉を詰まらせています。

うーん……私は本当に怒っていませんし、多分ここにいる全員、サティのせいでこんなことに、なんて思っている人はいないと思いますわ。

なので、そんなに落ち込まなくてもいいような気もしますが……サティの立場になって考えてみると、自分が席を外した隙に主人が攫われたわけで、そう簡単に考えられないのかもしれませんわね。ですが、本当にサティに対しては何も怒っていないので、それが伝わる良い言い方があればいいんですが……

必死に頭を働かせますが、何も思いつきませんわ。シュンとしているサティと、言葉を詰まらせている私。そんな二人を黙って見ていたお母様が、代わりにスッと前に出てきてくださいました。

「まぁまぁ、今は無事にシャルロットが帰ってこられたんだから、謝罪よりもそのことに喜びましょう」

「そ、そうですね」

流石のサティもお母様には言い返すことが出来ないみたいで、納得はしていない顔をしていますが、なんとかそう頷いてくれましたわ。

その後、サティも私も何を話して良いのかわからず、部屋の中には再びなんとも言えないような不思議な空気が流れましたが、それを察したお母様が話題を提供してくださいました。

「ところでサティ、シャルロットの手首と足首に痣《あざ》が出来てしまっているから、それがしっかりと隠れるようなドレスはあるかしら？」

「手首と足首の両方、ですか……」

その言葉にいくらか部屋の空気が和らいだような気がします。

サティの方もお母様の言葉に再びクローゼットの中を確認し始めましたわ。


その後、無事に着替えを終えた私たちは、陛下と王妃様、そしてお父様たちとレオ様を交えて今後のカイン様の処遇について話し合ったのですが、思ったよりも早く私は部屋を離れることになりました。

というのも、まだ決定をしたわけではありませんが、今日のことと明日の結婚式のこともあって、陛下が早めに部屋へ戻るよう言ってくれましたのよね。

正直、お屋敷に戻ってきてから着替えはしましたが、すぐに話し合いに戻りましたし、休む暇もなくバタバタとしていたので本当にありがたいですわ。

いくらお母様たちとはいえお客様ですし、放置してしまうのは如何《いかが》なものか……と思って一度はお断りしましたが、押し切られるような形で追い出されてしまいました。少し悲しいですが……そう思いながら普段は沢山話しかけてくれるサティがあまりにも静かだったので、チラッと視線を送ると、それに気付いたのか、遠慮気味にではありましたが、質問をされましたわ。

「それにしてもお嬢様、良かったんですか？」

良かった……？　何のことでしょう？

質問の意図を汲み取れなかった私は、軽く首を傾げながらそのまま尋ねます。

「何がですの？」

すると、私よりも少し後ろを歩いていたサティが急に立ち止まり、かと思えば私の前に回り込んできました。

「カイン様のことですよ！　今回の件といい、元を辿れば婚約破棄のことといい……」

最初は勢いよく言いましたが、途中で言葉を詰まらせてしまいましたわね。

カイン様のこと……ですか。

サティが言いたかったことはわかりました。

本来、平民が辺境伯夫人を害したとなれば処刑が妥当ですが、この国では被害者の意見がある程度取り入れられます。そして私は、先程までの話し合いで、処刑を希望する言葉を一切口にしませんでした。これは暗黙の了解として、加害者を生かしてあげてほしい、という希望として受け取られます。

サティには、それがカイン様を庇い続けているように見えたのでしょう。

言っている途中で流石にまずいと思ったんでしょうね。

ついさっきまで、私に掴みかかってくるのでは？　と思うほどの勢いだったのに、今はばつが悪そうな顔をして、私の顔色を窺《うかが》うような目をしていますわ。

そんなサティにどのような返事をするべきか、一瞬悩んだ私は、結局先程のサティの言葉に続くはずだっただろう言葉を返しました。

「処刑されるのが当然だ、と？」

そんな私を見て何を思ったのか、サティは凄く申し訳なさそうな顔をしています。

「わ、私がそんなことを言う権利はないことはわかっていますが……」

ああ、きっと私に、メイドのくせにそのようなことを、とでも怒られると思ったのですね。

ですが私は、そのようなことを言うつもりは全くありません。サティの考えだって一理ありますし、何より……

「そんなことないわ。サティは私のことを思って言ってくれているのよね」

そう言って優しく微笑むとサティの顔があからさまにホッとしたような顔になりましたわね。

とりあえずサティの表情が普段通りに戻ったのを確認した私は、陛下たちの前では言わなかった本音を口にします。

「確かにカイン様は、処刑されても何も文句の言えないことをしたと思っているわ。でも、死んでしまったら反省することも出来ないし、これから後ろ指をさされることになる陛下たちを見ることなく終わってしまう。それは狡《ずる》いと思わない？」

少し冗談っぽくそう言うと、サティは驚いたような顔をして私を見てきましたわね。

あら？　何かおかしいことでも言ったかしら？

きっと、私だけではなくほとんどの人が同じようなことを言うと思うのだけど……

サティの反応に首を傾げていると、サティは苦笑しながら再び私の一歩後ろに戻りましたわ。

「……お嬢様は優しいと思っていましたが、実は一番残酷なのかもしれませんね」

「まぁ！　失礼しちゃうわね！」

私が残酷だなんて、初めて言われましたよ。

さて、次に向かう場所の為、気を引き締めませんと。

陛下には部屋に戻るように言われましたが、ここに私が顔を出さないのは違いますわよね、と思いながら牢屋に向かいます。

「ちょっと！　私たちはその女に唆《そそのか》されただけなんだから今すぐ出しなさいよ！」

サティに牢屋前の階段での警戒をお願いして牢屋の前まで進むと、甲高い声が聞えてきましたわ。

カイン様と共に、我が家の牢屋に入れられたリリア様の声ですわね。

リリア様の正面の牢屋にはカイン様が収容されていて、ついさっき、陛下がカイン様に話をしに行った、とは聞いていましたが、何を話したのかカイン様は呆然とした顔で固まっていますわ。

陛下も相当お怒りでしたもの。きっと相当なことを言われたに違いありませんわね。

そう思いながら、カイン様でもリリア様でもない、もう一人の牢屋に収容された人に視線を移しましたわ。

私の視線の先にはメイド服姿のままのリーシャが自分の体を折りたたむように小さくなって座っていました。私の視線に気付くとゆっくりと顔を上げてくれましたわ。

ただ、その表情は今まで見ていたあの明るい顔ではなく無表情で、光を失った目をしています。

そんなリーシャに、私も表情を変えることなく告げます。

「なんだかこうやって二人で向き合うのは初めてですわね」

そう言うと、リーシャは一瞬だけ驚いた顔をした後に、まるで私がちょっとした困りごとを相談したときのような顔で苦笑しました。それでもやはり、目に光はありません。

「そうですね……今までは必ずサティかレオ様のどちらかが一緒にいたので、仕方がないのかもしれません」

私とレオ様が陛下達とお話をしている間に、リーシャを牢屋に入れるよう頼んだのですが、流石に兵士たちも驚いていましたし、何度もレオ様に確認をしていましたわ。

それもそのはずで、今日もリーシャは何食わぬ顔で仕事をしていましたし、誰よりも明日のレオ様の結婚式の為に一番頑張ってくれていたんですもの。

今回の誘拐事件の首謀者がリーシャだ、なんて誰も信じたくなかったはずですわ。

「何も皆の前であのように連れて行かなくてもよかったんじゃありませんか？　流石に屈辱的な気分でした」

目に光がないまま、そう呟くリーシャは何を考えているのか全くわからず、少し恐怖すら感じますわ。

ただ、それでも聞かないわけにはいかないことがありました。

「……リーシャの部屋、見ましたわ。あれは一体どういうつもりで？」

単刀直入にそう尋ねると、リーシャは見られてしまったんですね、と苦笑した後にこう言いましたわ。

「カイン様達が失敗したら、結婚式が終わるまで、あの中にいてもらおうと思いまして」

その顔はあまりにもいい笑顔をしていて、思わず言葉を失ってしまいましたわ。

なぜ私がリーシャの部屋のことを話したのか、というと、レオ様にリーシャのことを話した後、すぐに部屋の中に何か変な物はないか、と確認をしに行ったのです。なんと部屋自体に檻のようなものが張り巡らされていて、牢屋のような作りになっていましたの。

ただ、牢屋と違ったのは椅子やベッド、机などがしっかりあること、でしたわね。

ついさっき見てきたリーシャの部屋の中を思い出しながら、さも当然だ、と言わんばかりに淡々と話すリーシャ。レオ様が、そして領民が、結婚式のためにどれだけ尽力しているか、一番見ているのは彼女であったはずなのに。

「そんなことをして許されると思っていますの⁉　この結婚式は貴族だけではなく、領民の皆も楽しみにしていますのよ⁉」

つい感情のままそう怒鳴りつけてしまいましたわ。

「――だからですよ」

リーシャは私の怒鳴り声に対して、今まで聞いたことがないくらい冷たい声で答えました。

「領主の結婚式はここの領地の人達、皆が待ちに待っていたことですからね。そんな大事な式に出席しないシャルロット様……領民の皆は一気にシャルロット様への信用をなくすでしょう」

ついさっきまで、私に対して冷たい視線を送っていたのに、私の信用がなくなった時のことを想像しているのか、今のリーシャはニヤっと嫌な笑みを浮かべましたわ。

ですが、それが叶わないことだと思ったのでしょう。

一瞬だけ笑みを浮かべたリーシャでしたが、すぐに表情を暗くさせて大きくため息をつきました。

そんなリーシャに思わず言葉を失っていた私でしたがなんとか絞り出すように会話を続けます。

「どうしてこんなことをしますの？　あなたは、私が来た時あんなにも喜んでくれていたではありませんか」

しかし、その質問がまずかったんでしょう。

「わからないんですか？」

静かにそう言うと、しっかりと私の目を見てこう続けました。

「レオン様の相手としてあの方にも領民にも迎え入れられた、なんて思っているかもしれませんが、貴方のような小娘はレオン様には相応《ふさわ》しくない」

そう言ったリーシャの顔は何を考えているのか全くわかりませんでした。無表情で物凄く気味悪く感じましたわ。

「私、この時をずーっと待っていたんですよ？　シャルロット様がここに来た時からずっと……それなのに……」

カイン様達が失敗に終わってしまったことが相当悔しかったのでしょう。

キッと目を鋭くさせて正面の牢屋に入っているカイン様のことを思いきり睨みつけました。

ただ、カイン様はそれに気付いていないらしく、今も下を向いていますわ。隣のリリア様は流石にリーシャに対して恐怖を感じたようで、珍しく黙り込んでいますし。

「ここの領民たちは、あなたこそレオン様の相手に相応《ふさわ》しい、とか馬鹿げたことを言っていますが、そもそも婚約破棄された欠陥品が相応《ふさわ》しいだなんてありえないんですよ」

そう言うリーシャの顔は、冷たくもありながら、あまりにも嬉々とした顔をしています。自分の言っていることが正しいと信じて疑わない人の顔です。そんなリーシャの豹変ぶりにショックを受けてしまいますわ。

何より、婚約破棄された私が欠陥品だ、という発言はあまりにも酷すぎます。

「そ、それはリーシャだって何があったのか、わかっているでしょう？　カイン様が勝手に……」

「そう！　勝手に！」

急に大きな声でリーシャがそう言ったので、思わずビクッと肩を震わせてしまいましたわ。

べ、別にリーシャのことを恐れて、というわけではありませんわよ？

純粋に大きな声だったので驚いただけで……

なんて心の中でなぜか言い訳をしていると、黙り込んだ私に対してリーシャは矢継ぎ早に続けました。

「勝手に辺境は田舎だと勘違いをして罰に相応《ふさわ》しい土地だと決めつけて、勝手に王令を出して望んでもいない相手と結婚させられた」

勝手に、という言葉を強調しながらそう言いましたわ。

ああ……彼女の地雷はこちらですわね。

この土地とレオ様を見くびられたと、笑顔の裏でずっと思い続けていたんでしょう。

それに対しては、申し訳なく思っていました。だからこそ、改めてリーシャに言われると心臓がギュッと締め付けられるような感覚になりますわ。

「元々、シャルロット様だってレオン様と結婚したくなかったんですよね？　だったらしなければいいではありませんか」

えっと、彼女の憤《いきどお》りの原因は分かりましたが、私もレオ様との結婚を罰だと思っている、という前提で、思考が飛躍していますわね。両手を広げて、鼻歌でも歌いだすのでは？　というくらい上機嫌に見えますわ。

まあ……私が嫌々レオ様と結婚したのなら、やり方は悪いですが、リーシャが救世主に見えたかもしれません。

ただ、さっきまでのリーシャを見た後では、あまりの変わりように、ただただ恐怖を感じるだけですわ。

「た、確かに最初は望んでいない……と言いますか、どんな人かもわからずここに来ましたわ。でも、今はレオ様と結婚することになって良かったと思っています」

恐る恐るではありましたが、私の気持ちを正直にリーシャに伝えると、まさか私がそんなことを言って来るとは思っていなかったんでしょう。

一瞬目を大きく見開いてキョトンとした顔をしていましたが、すぐに可愛らしく首を傾げながら返してきました。

「でもそれはシャルロット様がそう思っているだけですよね？」

確かにレオ様本人にこの結婚について詳しく聞いたことがありませんでしたが、レオ様の行動と私への態度を見て私と同じ気持ちだとは思っています。

「リーシャがどう言おうと、私と結婚する、と決めたのはレオ様ですわ。いくらリーシャにでもその決定を覆すことは出来ませんわよ」

キッと睨みつけながらそう言うと、私が言い返して来たことが嬉しいとでも言うんでしょうか？

リーシャはニッコリと満面の笑みを浮かべました。

「そうだったらいいですけどね」

まるで私を煽るようです。

とはいえ、牢屋という非日常な状況に、リーシャも自分の感情を制御して余裕を保つのが難しくなってしまっているのでしょう。急に大きくため息をつきました。

「まさか二人が失敗するなんて思ってもいなかったですよ。せっかく倉庫も用意してあげたというのに。でもこんな面倒なことになるなら最初から私一人で実行するべきでした。それは反省しています」

そう言って、私に軽く頭を下げてきましたわ。

ただ、反省するところが違いますし、何より本当に反省しているようには見えませんね。自分がやったこと自体は間違ってないとした上で、大事《おおごと》にしてしまって申し訳ない、程度ですわ。

リーシャのことを見ていると、最初はショックと驚きで頭がまわりませんでしたが、徐々に腹立たしく思えてきましたわね。

なので、キッとリーシャのことを睨みつけながらこう言いましたわ。

「貴方のその自分勝手な理由と行動のせいであの二人は処罰を受けることになりましたのよ？　何も感じませんの？」

「私は何も強制した訳ではありませんよ。誘ったらついてきただけですよ」

そう言ったリーシャの顔は普段と変わらず、それが余計に腹立たしく思えます。私が何を言ってもリーシャは自分の考えや行動を改める、ということはしないみたいですわね。

そう思いながら、どうにかリーシャの考えを改めることが出来ないかと悩んでいると、凛とした声が牢屋の中に響き渡りましたわ。

「何をしているんだ」

私とリーシャがほぼ同時に声のした方に視線を向けると、レオ様が立っていました。

そんなレオ様の後ろでは、レオ様同様に息を切らしたサティが立っていて、私と目が合うなり、私に駆け寄ってきます。

「お嬢様！　大丈夫ですか!?　……すみません、本当はお嬢様の近くから離れない方が良いとわかってはいたんですが、リーシャさんとお嬢様であれば、何か危害を加えられる可能性よりも、言葉で傷つけられる可能性のほうが高いと判断して、勝手ながら席を外しました」

そう言ってチラッとレオ様に視線を向けました。

きっと途中まで話を聞いてみたものの、洩れ聞こえたリーシャの言葉に、私ではどうすることも出来ない、と判断したのでしょう。

実際に、私もリーシャの対応に困っていましたしね。

そう思いながらレオ様に視線を向けると、何も言わずただただリーシャのことを睨みつけていますわ。

流石のリーシャもマズいと思ったのか絶望に近い顔をしてレオ様を見つめています。

「れ、レオン様……どこから話を聞いて……」

けれどそんなリーシャにレオ様は視線を向けることなくまっすぐ私のところに向かってきました。

「一人で牢屋に行くなんて流石に無謀すぎるだろう！」

そう言うと、私の肩をガシっと掴みましたわ。

リーシャに視線を移すと、サティがレオ様に報告をしたことが余程気に食わなかったのか、「余計なことを……」と小さな声で呟きましたわ。

しかも、その表情は私もサティも見たことがないくらい険しく、そして醜い顔をして、流石のサティも息を飲んだのがわかりましたわ。

その隣では何かを言う訳でもなく、ただただリーシャのことを睨みつけているレオ様が立っているのですが、睨みつけているだけなのに威圧感があります。

当然リーシャも同じ威圧感に気付きますので、サティのことを睨みつけていたと思ったら、急にしおらしくなりました。

「れ、レオン様……これは……その……わ、私は……」

モゴモゴと何か言いかけたところで、それを遮るように、バッサリとレオ様が吐き捨てます。

「これ以上何も言うな。不愉快だ」

そのレオ様の言葉に俯《うつむ》いたリーシャに対して、レオ様は尚も続けます。

「父上の代から、長い間ここで働いてくれているのは感謝する。だが、だからといってこんなことをして許されると思うなよ」

そう言ったレオ様の表情は完全に怒っていて、リーシャのことを軽蔑するような、そんな視線を向けていますわ。

それは長く一緒にいただけあって、リーシャもわかっているんでしょう。

オロオロとした顔でレオ様を見ながら、なんとかこの状況を打破しようとしたのか、なんとか弁明を始めました。

「私はただ……ただレオン様に相応しい相手と結婚して欲しいと思っただけで……」

要するに暴走してしまっただけで忠義の表れである、と言いたいようですが、今のリーシャの言葉はメイドとしてありえない発言ですわよね。

だって、こう言ってしまうのはリーシャに悪いかもしれませんが、家令ならともかくたかがメイドの分際で主人の結婚相手を見定めるなんてありえない話ですもの。

そもそも、わたしとの結婚が嫌だと言っても既に籍は入れていますし、籍を入れようと言ってくれたのはレオ様の方です。

それなのに今更になってレオ様に相応しい人を、なんておかしな話ですわ。

「レオン様だって、陛下の顔を立てる為にシャルロット様と結婚することに決めたんですよね？　だってそうじゃなきゃ、こんな小娘……相手になんてするわけがありませんし」

何を思ったのか、リーシャは今まで溜めていた分を一気に吐き出すようにレオ様にそう言いました。

先程も言われましたが、小娘、って……私だって辺境伯夫人になった以上リーシャの主人なのにそのような言葉を使うこと自体、本来なら聞き捨てならないことです。

それはレオ様も同じことを思ったようです。

「小娘？」

小さな声ではありますが、眉をピクッと上げてそう呟きましたわね。

ただ、リーシャは興奮してしまっているのか、そんなレオ様の呟きを聞き取れなかったみたいですね。

「そもそも、王令を使って結婚しようだなんて考えること自体おかしなことなんですよ。レオン様には婚約破棄された欠陥品よりももっと良い御相手が……」

そのまま早口でそう捲《まく》し立てる様に言い募っています。

しかし、全て言い終える前にレオ様が口を開きました。

「黙れ」

そのレオ様の言葉でピタッと言葉を止めましたわ。

しかも、今のレオ様のお顔、元々怒っていましたが、より何倍も険しく、そして怖い顔をしています。

流石のリーシャもマズいと思ったんでしょうね。一気に顔を真っ青に染めてカタカタと震え始めてしまいましたわ。

そんなリーシャを見ても、レオ様は表情を変えることはありませんでした。

「俺はこれ以上何も言うな、と言ったはずだが？」

淡々とした口調でリーシャにそう言いましたが、表情も相まって私ですら恐怖を感じます。

当然ながらそんなレオ様を正面に見ているリーシャは私の何倍もレオ様の怒りを感じているわけです。

「ひっ……」

悲鳴を上げて一歩後ろに後退《あとずさ》っています。そんなリーシャにレオ様は冷たく言い渡しました。

「少しでも反省をしていたら、と考えたがどうやら無駄だったみたいだな。処罰は追って話す。それまでの間、大人しくしているんだな」

そう言うと、私の手を引いて牢屋を後にしましたわ。

後ろから何か声が聞こえたような気がしましたが……きっと、気のせいでしょうね。

そして迎えた次の日。

昨日は色んなことがあってなかなか眠りにつくことが出来ませんでしたが、そんな中でも普段と変わらず次の日は来てしまうもので、ついに結婚式の当日となりましたわ。

はぁ……本当は昨日、式場の確認をした後に今日の為に体を整えるはずだったんですが、全ての予定が台無しですわよ。

牢屋を出た後は遅い時間になってしまって何かを出来るような状況ではありませんでしたし、私としても、結婚式というのは一生に一度のことなので、完璧な状態で挑みたかったんですが……これればかりは仕方がありませんわよね。

そんなことよりも、レオ様が警備やら何やらで寝室でお休みにならなかったと聞いて、そちらの方が心配ですわ。

そう思いながら、今は心の中でため息をついて馬車の用意が出来るのを待っている、というわけです。

「大丈夫か？」

一緒に馬車を待っていたレオ様が心配そうな顔をしてそう聞いてきましたわね。

レオ様には気付かれないように、と思っていましたが……無意識に嫌な態度をとってしまったのでしょうか。

「急にどうしたんですの？」

これで誤魔化されてくれるだろうかと、首を傾げながらレオ様に尋ねます。

「いや……昨日は色んなことがあったからな。あまり寝られなかっただろう」

レオ様は申し訳なさと心配しているような感情が入り交ざった、そんな表情で私のことを見ながらそう言ってこられました。

「確かに、なかなか眠りにつけませんでしたわ。ですが、レオ様の方が昨日は寝ていませんわよね？」

そう言うと、レオ様は少し都合の悪そうな顔をしながら苦笑しましたわ。

「まぁ、確かにその通りだが……俺は慣れているからな」

確かに遠征に行ったときは交代で見張りをするからあまり寝ることが出来ない、と前に聞いたことがありますわね。

ただ、遠征の時に感じる疲労と、今日のような日の疲労は別の物だと思いますので、それが心配ですが……それをレオ様に言うと逆に意識しすぎて疲労が、という可能性もありますからね。

ヘタなことは言わない方が良い、と判断した私は、ただただレオ様の言葉に苦笑だけを返します。

「いっそ延期にするか？　皆、事情を知っているから承諾すると思うんだが」

急にそんな提案をしてきたので、流石に驚いてしまいましたわ。

だって、ここまで準備をしてやっと当日になりましたのよ？

それなのに、今日になって延期って……もしかして、私と結婚式をするのが嫌になったのでしょうか？

思わずバッと凄い勢いでレオ様の方を見ると、私の考えが顔に出てしまったのか、レオ様は急に慌てた顔をなさいました。

「い、いや、もちろん結婚式をしたくないとか、そんなことではないぞ？　ただ、シャルロットが疲れているならと思って」

手を横にブンブンと振りながらそう言いましたわね。

珍しく慌てているレオ様が面白くて、思わず笑ってしまいそうになります。

ただ、ここで笑ってはいけませんね。グッと堪えます。

「この結婚式は、領民はもちろんですが、陛下やお父様、お母様、アルト、この家のメイド達……そして私も待ち望んでいたことですわ。たかが寝不足ごときで延期にはしたくありません。もちろん、レオ様がどうしても延期したいというのであれば、賛成はしますが……」

そう言うと、レオ様は短くそうか、とだけ言って優しく微笑みましたわ。

すると、私とレオ様の話が終わったのとほぼ同時にサティが勢いよく部屋に入ってきました。

「レオン様！　お嬢様！　馬車の準備が出来ましたよ！」

私とレオ様が馬車の止まっている門に向かうと、サティから私たちが出発することを聞いたんでしょう、お父様とお母様、陛下と王妃様の四人が馬車の前で待ってくれていましたわ。この中にアルトたちの姿がないのが不思議でしたが……アルトも昨日は慣れない森の中を歩いたので疲れていますわよね。

なんて思いながら、レオ様にエスコートをされてお父様達に近付くと、それに気付いた陛下と王妃様が私たちの前にスッと出てきました。

「大丈夫か？　あまり寝られなかった、というのであれば時間をずらしてもいいんだぞ」

「そうね。私たちはしっかりと眠ることが出来たけど、シャルロットもレオン殿も疲れているでしょう？」

これに関しては、ついさっきレオ様と話をした内容とほぼ同じだということもあって、思わずレオ様の方を見ると、レオ様も私と同じことを思ったらしく、しっかりと目が合いましたわ。

そして、特に合図をしたわけでもありませんが、二人でほぼ同時に頷きます。

「いえ、領民も楽しみにしていましたし、流石にそんなことは出来ませんわ。それに陛下やお父様達もわざわざ時間を作って来てくれていますし、私たちの都合で予定をずらすのは申し訳ないです」

そう言って、レオ様に手を貸してもらいながら馬車に乗り込みましたわ。

馬車の窓からお父様達の顔を見ると、昨日のこともあったせいか心配そうな顔をしてしまっていますわね。せっかくのおめでたい日に、こんな顔をさせてしまった私は、一番の親不孝者なのかもしれませんわ……

心の中で、自分の警戒心のなさを恨んだと同時に、お母様に謝罪をします。

そんな私の頭に、レオ様がポンっと手を乗せました。

「いい結婚式にしよう。それが今俺たちの出来ることだ」


レオ様とサティの三人で馬車に揺られること約三十分。

その間、昨日のこともあって馬車の中の空気がピリついて、無言のまま式場に向かう、ということになってしまいましたわ。

本来なら式場に向かう間、楽しみで和《なご》やかな空気のはずなんですが、こうなっているのも私のせいですわね。申し訳ないですわ。

ただ、辺境伯の家紋が入った馬車を見て、領民の人達は驚いたような、安心したような顔をしていましたわね。

きっと、昨日レオ様達が私に関する聞き込みをした後のことを知らないので、気になっていたんでしょう。

そんな中、式場に向かっている馬車を見たら、そりゃあ安心しますわね。なんて思いながら、領民たちのことを眺めている間に式場に到着しましたわ。

レオ様の手を借りて馬車を降りた私は、いまだに眉間に皺を寄せて何も話さないレオ様に声をかけましたわ。

「昨日、あのような事があったので警戒していましたが、流石に今日は何も無かったですわね」

まぁ、レオ様からすると私がそのようなことを言うな、という感じかもしれません。言ってしまった後に、レオ様がどう返事をするか不安になった私は、レオ様の顔色を窺《うかが》うように顔を覗き込みましたわ。

するとと、意外にもレオ様は軽い調子で返事をしてきました。

「まぁ、二日も連続で同じことが起こったら式どころではなくなるけどな」

その表情は柔らかくて、私が不安に思っていたのは杞憂だったみたいですわ。

だからと言って、今日は何も起こらない、と警戒心を解いてしまうのもいけませんが……改めて気を引き締めながら式場の中に入ろうと、レオ様にエスコートをされて前に進みます。

それに気付いた式場の人達が私たちに駆け寄ってきてくれましたわ。

「れ、レオン様！　それに、シャルロット様も！」

安堵と驚きが入り混じったような表情でそう言った支配人らしき男性に、レオ様が申し訳なさそうに声をかけています。

「昨日は悪かったな。待っていてくれたんだろ？」

その言葉に合わせて、軽く頭を下げました。

「いえいえ！　我々のところにも耳に入るくらいには騒ぎになっていましたから……それにしても」

支配人はそう言ってチラッと私の方に視線を向けましたわ。

な、なんでしょう？

もしかして、リーシャのように、やはり私はレオ様に相応しくないのでは？　とか、結婚式前に誘拐されたような人にここを使ってほしくない、とかそう言われてしまうのでは……そう思った私は、息を呑んで支配人の言葉を待ちます。

そんな私の姿を見て支配人は深々と頭を下げましたわ。

「シャルロット様、ご無事で何よりです」

「あ、ありがとう」

そう言うのが精一杯でした。言葉の裏もないようで安心しましたわ。

普段ならそんな考えは浮かんでこないのですが、やはりリーシャに言われたことを心のどこかで気にしていた、ということなのでしょうね。

私が微笑んだのを確認した支配人は表情をパァっと明るくさせます。

「さて、では早速ではございますが準備を進めましょう！　ドレスの方も既に用意が出来ていますので」

そうして、私たちを式場の中へと案内しましたわ。

レオ様は支配人に、私は式場で働いている女性に案内され、控室に向かいます。そのために式場内の廊下を歩いているんですが、随分と新しくて綺麗な式場ですのね。ここが出来てから数年ほど、という感じでしょうか？

こう言ってしまうのは失礼かもしれませんが、辺境の式場ということで古くて歴史のある式場だと勝手に思っていたので意外ですわ。

あぁ、もちろん古くても新しくてもどちらでも構わないですが、度々視界に入ってくる調度品は、貴族の屋敷にあってもおかしくないものばかりが揃っています。平民も使う式場だと聞いていましたが……いつ今回のようなことがあっても問題ないよう、物には気を遣っている、ということなんでしょうね。

そう思いながらあたりを見渡して廊下を歩いていると、私の一歩後ろを歩いていたサティが、ふと思い出したかのように声をかけてきます。

「そういえば、昨日式場に来られなかったということは、お嬢様はまだドレスを見ていないんですよね？」

私もすっかり忘れていましたが、本当は式場を下見するときにドレスを見る、と約束していたんです。しかし下見に来なかったので、いまだに実物がどうなったのかを把握できていませんわ。

レオ様とお父様達がデザインを考えてくれているのできっと素敵なドレスに仕上がっている、ということはわかっていますが、やっぱり気になりますわよね。

なんて思っていると、サティの言葉を聞いた女性が目を見開きました。

「なんと！　レオン様は完成したドレスをお見せにならなかったんですか⁉」

そして驚いた顔のまま私の方を見てきましたわ。

まぁ、大体の人は、ドレスをどれにするのか実物を見ながら相談して決めているでしょうし、当日まで知らないなんて驚きますわよね。

私としても、まさか衣装合わせもなく当日を迎えるなんて思ってもいませんでしたわ。

そう思いながらあまりにも女性が驚いた顔をしているので、苦笑しながら答えます。

「えぇ。私以外の皆は知っているみたいだけど、私だけお楽しみだと言われて……」

「それを先に言ってくださいよ！　だったらヘアメイクよりも先にドレスを見た方が良いですよね!?」

女性はそう言って、体の向きを変えましたわ。

確かに女性の言う通り、ドレスは見たいですが、元々の予定はヘアメイクが先ですのよね。

それをわざわざ変更してまで見たいか、と聞かれたらなんとも言えないところがありますわ。後から絶対に見ることが出来ますし……

とりあえず助けを求めるようにサティの方を見ます。

「え、えーっと……」

「私は着る直前で見た方がいいと思いますよ？　だってその方がメイクの時間も楽しみでいられますし」

サティはニッコリと微笑みながらそう言いましたわね。

確かに、ドレスを見ていないことによって私もワクワクしていますし、ここまで見なかったんですから最後まで楽しみにしておく、というのが良いのかもしれない、と判断した私は、どうするのか、と返事を待ってくれている女性に、改めて声をかけます。

「先にヘアメイクをお願いしますわ」

「わかりました！　では当初の予定通りヘアメイクの方から失礼いたしますね」

そう言って、再び体の向きを変えました。

この女性、なんだかサティに似ていますわね。

元気で少し慌ただしいといいますか……笑ったときの雰囲気といい、喋り方といい、サティと印象が同じところがあるので安心しますわ。

サティと二人で「とりあえず、お嬢様のメイクについてなんですが……」と話をしているところなんて、なんだかサティが二人いるみたいな感じで面白いですわ。

この二人のおかげで、準備の間に気持ちがほぐれそうです。


それから約一時間後。

「わぁ……！　お嬢様、とってもお綺麗です！」

サティは目をキラキラと輝かせて、私のことを見ながらそう言いましたわ。

「そ、そうかしら？」

少し照れくささもあって、こんな返事をしてしまいましたが……鏡に映る自分の姿を見て、自分自身今までの中で一番綺麗な姿をしていると思いますわ。

私もデザイン画は確認していましたが、実物はやはり違います。純白でプリンセスラインの、結婚式で着るドレスとしては定番の形にもかかわらず、見たことがないくらい豪華なデザインになっているのです。上半身はオフショルダーで凄くシンプルなのに、スカート部分にはフリルがふんだんに使われていて、そのフリルの一つ一つにレースとダイヤがあしらわれています。

腰の部分には大きなリボンが付いているということもあって、一見幼くなってしまうようなデザインですが、レースやダイヤのおかげで良い感じに大人っぽく、私が着ても何の違和感もないデザインになっていますわ。

髪型の方は普段ドレスを着るときのように編み上げてアップになっているんですが、編み込みの中にダイヤが使われたピンが付けられているので、普通の編み込みなのに普段とは印象が全く違いますわね。

メイクも今まで使ったことがないような色のアイシャドーを使っていたのでどうなってしまうのか、と少し不安でしたが……思った以上に私の顔に馴染む色をしていて、瞼についているラメがキラキラと輝いていますわ。

正直、今日の私は過去一といってもいいくらい酷い顔をしていたはずなんですが、そんなことを感じさせない完璧な仕上がりになっています。

それはサティも気付いているようで、どこか悔しそうに呟いています。

「やっぱりメイドではなくヘアメイク専門の人の方が早いし丁寧で、綺麗ですね」

まぁ、気持ちはわかりますが……サティのヘアメイクのほうが優れていたら、ヘアメイクさんの立つ瀬がないですからね？

拗ねたように口を窄《すぼ》めながら私のことを見ている可愛いメイドをなだめることにしますか。

「でも私はサティがしてくれるメイクも好きよ？」

そう言って微笑むと、照れくさそうに微笑み返してくれましたわ。

ちなみにこれは嘘でもお世辞でもありませんわよ？

だって、昔から私の髪形とメイクを担当してくれているので、私の好みだって全て把握していますし、私も安心して任せることが出来ますわ。

そんな話をしていると、スタッフの女性が声をかけてきました。

「既にレオン様の準備は終わっているみたいですが、お呼びしてもよろしいでしょうか？」

どれくらい前に終わっていたのかわかりませんが、やっぱり男性の方が準備が早いんだ、なんて思いながら女性の言葉に頷きます。既にレオ様は部屋の外で待機していたらしく、すぐに部屋の中に入ってきましたわ。

そして、私の姿を見るなり驚いた顔をして固まってしまいました。

「ど、どうでしょうか？」

尋ねましたが、レオ様は何かを話すこともなく、黙り込んでいます。

「レオ様？」

そう言って覗き込むようにレオ様の顔を見ると、今度はレオ様の顔が真っ赤になってしまいました……

自分で言うのはどうかと思いますが言葉を失う程、綺麗なドレスとヘアメイクなので気持ちはわかります。……ただ、流石にずっと黙っていられると私も困ってしまいますわ。

助けを求めるかのようにサティに視線を送ると、それに気付いたサティがすぐに冗談交じりで助け舟を出してくれます。

「レオン様、お嬢様が綺麗だから言葉を失ってしまう気持ちもわかりますが……」

そう言うと、レオ様はハッとした顔をして我に返ってくれました。

「あ、あぁ……すごく綺麗だ」

私のことをしっかりと見つめながらそう言ってくれましたわ。

その時のレオ様の声があまりにも優しかったからか、私の顔が一気に熱くなったような気がしますが……き、気のせいですわよね。

無事に着替えを終えた私とレオ様は、本番を迎える前にどのような流れで式を行うのか、について話を聞いていましたわ。

まぁ、これも本当は昨日のうちに終わらせて今日は軽い確認のみのはずだったんですが……昨日の件でどれだけの予定が潰れて周りの人達にも迷惑をかけたのか、改めて考えさせられますわ。

そう思いながら、式場の支配人の話を頷きながら聞きます。

「それで、式の終わりには今回テラスの方を開放しますので、集まった領民の人達にお顔を見せていただけたら……」

支配人の言葉にレオ様も特に口を挟まず頷いている状況、この場に私がいなくてもいいのでは？と思ってしまう程しっかりと式の流れが決まってしまっています。

テラス、というのはこの式場は階段を上がって二階の方に会場があるので、そこにあるテラスのことだと思いますが……きっと二階からでは領民の全員には見えないですわよね。

もちろん、私とレオ様の姿を見たい、という人は前の方に来てくれているんでしょうけど、それでも昨日の件もありますし、しっかりと全員に顔を見せられる、そして全員の顔が見られるようにしたい、と思った私は、話に一区切りがついた時に思い切って質問してみました。

「あの、領民たちに顔を見せるのはテラスだけですの？」

二人ともまさか私がそんなことを言うとは思ってもいなかったようで、支配人、レオ様の順でキョトンとした顔をしながら首を傾げて私の方を見ました。

「え？　あ、はい。その予定ですが……」

「どうかしたのか？」

まぁ、この反応も当然ですわ。

だって、結婚式に関しては全てレオ様に対応を任せていた状態でしたし、当日になって意見を言ってくる、なんて思ってもいなかったでしょう。

なので、心の中で謝罪をしながら二人に向けて言葉を続けます。

「いえ……あの、昨日は私のせいで沢山の人達に心配をかけてしまったので、出来たら私の口から感謝を言いたいと思いまして……」

言いながら申し訳なさが勝ってしまって、徐々に声が小さくなってしまいましたが、私が思っていることを二人に伝えることはきっと大事でしょう。そう信じたいです。

「あー……確かにそうだな。まぁ、領民たちはシャルロットの無事な姿を見るだけで安心するとは思うが」

レオ様は納得したように頷いたものの、やはり当日になって急な変更というのは何かと面倒なことがあるらしく、渋い顔をして言葉を詰まらせてしまいましたわ。

「そうなると、予定していたことが色々と崩れますが……」

支配人の方も、レオ様の言葉に付け加えるように、今日の予定が書かれた紙を見て難しそうな顔をしています。

「多くの領民たちの前に出ると、また何があるかわからないですよ！」

今まで私の少し後ろで話を聞いていたサティまでもが私を宥《なだ》めるような流れになっていますし……

やはり、私から直接領民に話す、というのは難しいのでしょうか？

どうにかして、領民の皆に自分の口からお礼を言いたい、と思っていますが、レオ様達に迷惑をかけてまで私の我儘を押し通す、というのは如何なものか。

そう思った私は、難しい顔をしている三人に俯《うつむ》きながら謝罪をします。

「申し訳ございません……今更になって我儘を言ってしまって……」

支配人はあからさまにホッとした顔をしたのがわかりましたわ

やはり急な変更というのは式場にとっても面倒で厄介なことなんでしょう。それはわかっていますが、私を見る表情があまりにも安心した顔をしているので、私がいかに無理なことを言っているのか言われなくても理解出来ましたわ。

やっぱり今日ではなく式が終わってから挨拶に行く、というのが一番誰にも迷惑が掛からない、ということですわね。ですが、そういうことはなるべく早く終わらせておくのが良いとも言いますし……何もなかったかのように領民たちの前で手を振る、なんて私には出来ませんし、したくないというのが本音ですわ。

そう思いながらも諦めようとしていると、レオ様が、ポツリと呟いたのが聞こえてきましたわ。

「だったらダラダラと式場を使って感謝するよりも、屋敷の方に皆を呼んだ方が良いんじゃないか？」

これには、俯《うつむ》いていた私もパッと顔を上げます。

「えっと……それはどういう……？」

「式が終わってから、帰宅をして、そのまま身内だけの簡単なパーティーをすることになっていただろう？」

なぜかレオ様は得意げにそう言ってきましたわね。

確かに式が終わってから、陛下と王妃様、お父様達と他に招待をしていた貴族達で小さなパーティーを開くことになっているので、レオ様の言葉には頷きます。

「ええ、そうですわね」

「だから、それを普段の遠征が終わった後のパーティーみたいにすれば、シャルロットは領民と話が出来るんじゃないか？」

そう私に言ってきたではありませんか。

レオ様の言うとおり、前のように領民たちを呼んでパーティーと開くと、私も皆と話が出来ますわ。

ただ、そうなると陛下や王妃様たちにも了承を貰わないといけませんし……なにより調理場やメイド達が今準備しているものを変更しないといけなくなってしまいます。

なので、レオ様の言葉に安易に頷くことが出来ず理解は出来ているものの言葉を詰まらせていると、私が言葉を発するよりも先にサティが反応しました。

「あぁ、なるほど！」

その声にハッとした私は自分の頭の中で色々と考えていましたが、一旦考えるのをやめて確認をとります。

「確かに良い提案だとは思いますが……いいんですの？」

「陛下やシャルロットの両親たちも、話せばわかってくれるだろうし、反対はしないだろう」

なぜかレオ様は確信しているようにそう頷きましたわ。

まぁ、確かに陛下もお父様も反対しないでしょうけど……貴族の中には平民と一緒の空間にいるなんて……という考えの人もいるので、いくら陛下達の許可を貰っていたとしても何かしら問題が起こるような気がしますわ。

レオ様の提案には賛成ですが、やはり色々と問題が起こってしまいそうだ、と思った私は素直に喜べませんわ。

私たちは歓迎ですが、他の人達からすると……嫌な人が一人でもいるのであれば、諦めるしかないような気がします。

そう思っている間にも、サティとレオ様は話を進めています。

「じゃあ、私は一旦お屋敷に戻ってメイドと調理場にお話ししてきますね」

「あぁ、頼んだ」

支配人まで「なら、その旨を領民たちにも伝えないといけないですよね。拡声器を持ってきた方が良いでしょうか？」とお屋敷でのパーティー開催を報告する方向で話を進めていますわ。

いや……ですが、ここで私がまた余計なことを言って面倒なことになっても良くありません。レオ様がせっかく提案してくれているんですから、文句を言うのもおかしな話で……ですが……うーん……

そんなことを考えていたので、私の顔に心配が出てしまったんでしょう。急に黙り込んでしまった私の顔をレオ様に覗き込まれました。

「どうしたんだ？　そんなに浮かない顔をして」

準備を進めようとしてくれていたサティと支配人もレオ様の言葉で私があまり喜んでいないことに気付いたみたいで、心配そうな顔をして私のことを見てきましたわ。

自分の我儘に付き合って、三人がどうにかしようとしてくれているのに、失礼な態度をとってしまいましたわね。

「私から我儘を言い出したのにすみません……」

「いや、何か思うことがあるなら今のうちに教えて欲しい」

優しくそう言ってくれましたわ。

そんなレオ様に心の中で感謝をしながら、言葉を選びながらではありますが、私が思っていたことを素直に伝えます。

「その……」

あぁ、もちろん平民がどうだ……というような言い方ではなく領民たちと一緒に食事をするのは……という感じで言いましたわよ。

私の考えていたことを聞いたレオ様は、というと「なるほど、そういうことか」と言うと、苦笑しながら私の目をしっかりと見てこう言いましたの。

「俺たちの招待した貴族がそんな小さなことで騒ぎを起こすと思うか？」

その言葉にハッとなった私は、今日結婚式に招待された貴族たちを思い出してみましたわ。

まず私が学園でまぁまぁ仲良くしていた令嬢とその婚約者が数人。それから、お父様が仲良くしている人と……レオ様が招待した人。

合わせて十数人の人達が来ますが、カイン様のように平民だから、と言ってバカにするような人は……いませんわね。

よく考えてみると、私もお父様も爵位や身分だけで区別するような人とはあまり関わらないようにしていました。

それはレオ様も同じで、爵位が高いからという理由で擦り寄ってくる貴族たちと関わらないようにしていた、ということは事前に聞いていましたし、今日招待している人達も私が知っている限り凄く良い人ばかりです。

改めて考えてみると、どうやら私の心配は杞憂だったみたいですわね。

そう思った私は、自信満々の顔をして私を見ているレオ様、そして心配そうな顔をして様子を窺っている支配人とサティに微笑みます。

「どうやら心配しすぎたみたいですわ」

そう言うと三人とも私にニッコリと微笑み返して、改めて会話を始めました。

そんな話をしている間に随分と時間が経って、式場には既に陛下達が入場した、との報告を受けましたわ。

ちなみにサティは先にお屋敷に戻って、パーティーの準備を手伝いに行く、と言っていましたわ。

メイド長もいない今、誰かが先頭に立って指示を出さないといけないのは確かですし、サティも気合が入っていたので、きっと良いパーティーになるでしょうね。

そう思いながら、話しもひと段落がついて控室でレオ様と二人待機をしていると、ふいにレオ様に声をかけられましたわ。

「シャルロット」

まぁ、二人しかいないので話をする相手は私だけですものね。

無言でいるよりも何か会話をしていた方が……と思って声をかけてくれたのか、と思った私は、レオ様の方に顔の向きを変えます。

「どうしましたの？」

すると、なぜかレオ様は真剣な顔をしていました。

「籍を入れてしまってから言うのもなんだが……本当に俺と結婚してしまって良いのか？　ここまできて後戻りできないのはわかっているが、俺とシャルロットは年齢も離れているし、そもそもはあの元第一王子が勝手に婚約を決めたことだったのに」

これには流石に驚きましたわよ。

レオ様の言う通り今更この結婚をなかったことには出来ませんし、そんなことを言ってくること自体既に遅いですわよね。

それがわかっているからこそ、レオ様もどこか申し訳なさそうにしているんでしょうけど、あまりにも急な話に、なんて返事をしたらいいのか……

「またリーシャやカンナのような奴が現れないとは限らないし……ほら、俺みたいなおじさんよりも、もっと相応しい相手が簡単に見つかるだろう？　先に死んでいくのが確定しているような相手と一緒にいるよりも……」

普段の自信のある表情とは全然違って、どこか不安げで儚い、壊れてしまいそうなほど弱々しいお顔ですわ。

やっぱり年齢が離れている、という普通の結婚とは違った問題があるので、レオ様なりにずっと心のどこかで引っかかっていたんでしょう。

レオ様が若々しいので忘れがちですが、確かに、順当にいけば私は一般的な夫人よりもかなり早い段階で、旦那さまに先立たれる未来が待っているわけですし。

とはいえ、私としてはそんなことを気にせずに普段通り自信満々で隣にいて欲しい、というのが本音です。

不安そうに私を見つめるレオ様の目をしっかりと見つめて、ハッキリとした口調で告げます。

「リーシャにも言いましたが……確かにこの結婚はカイン様に無理やり決められたことですわ。ですが、最終的にレオ様と結婚する、と決めたのは私で、何も後悔はしていません」

そう言うと、私の言葉にレオ様は心の底から安堵したようです。

「そうか……」

それだけの呟きでしたが、さっきとは表情が全然違いますわ。

よく考えてみると私からレオ様に対して思いを伝えると言いますか……私がレオ様のことを好いている、と伝わる行動をしていないのが原因なんでしょう。

どうにかして、私の気持ちをしっかりと伝えることが出来たらいいのですが……何かいい方法はないでしょうか。

悩んだところですぐに思いつくわけもなく、式の直前だというのに頭を抱えてしまうような状況になってしまいましたわ。

そんな中、話を終えるのを待っていたかのようなタイミングでコンコンというノックの音がします。

「そろそろ式を始めますがよろしいでしょうか？」

支配人の声が聞こえてきましたわ。

その言葉に、レオ様はスッと椅子から立ち上がると私に手を差し出してきました。

「さて、行くか」

私はその言葉に頷いて、そっとレオ様の手に私の手を重ねましたわ。

さて、結婚式も無事に終わり、私たちは再びレオ様と二人、控室に戻ってきましたわ。

結婚式はどうなったかというと、大成功の一言に尽きますわね。

まぁ、簡単に流れを言うと式場に入って誓いの言葉、契約書の作成、そして誓いのキス……というような一般的なものと何も変わりのないものだったんですが……い、いくら結婚式とはいえ、あんなに沢山の人の前でき、キスだなんて……とってもはしたないですわよね。

で、ですが、陛下やお父様達の方がもっと沢山の招待客がいたはずですし、あ、あれは式を挙げる儀式のようなものであって、何も恥ずかしいことでもなく……

自分に言い聞かせるようにそんなことを思っていると、控室に入ってから椅子に座ってずっと黙り込んでいたからか、顔を覗き込むように、レオ様が私に話しかけてきましたわ。

「そんなに顔を赤くしてどうしたんだ？」

どうしたんだ、って……私としては何事もなかったかのように、平然としているレオ様が不思議で仕方ありませんわよ。

今だって、後もう少し近かったら唇同士が当たってしまって……と思った瞬間、やっと顔の熱が引いたと思ったのに一気に顔が熱くなります。

「なっ！　なんでもないですわ！」

パッとレオ様から視線を逸らして、そう言いましたわ。

当然ですが、なんで私がこんな状態になっているのかわからないレオ様は不思議そうな顔をして首を傾げていますが、こればかりは仕方ありませんわよ。

だって……だ、男性とキスをしたのは初めてでしたし……も、もしかして、これほどまでに平然としているということは、レオ様は初めてではないということなんでしょうか⁉

そう思った私は、自分から視線を逸らしたというのに、勢いよくレオ様の方に体の向きを変えましたわ。

そんな私をレオ様は驚いた顔をして見ていましたが、私が何も言わずにただ見つめるだけだったのでなぜ見つめられているのかわからなかったんでしょう。

「それにしても公爵が泣くのは想像していたが、陛下まであんなに号泣するとはな」

苦笑しながらそう言いましたわ。

レオ様の言う通り、式の最中複数の泣き声と言いますか……鼻を啜る音が聞こえてきたので視線を向けると、お父様とその隣に座る陛下が大号泣していましたのよね。

その近くで王妃様とお母様までもが目に涙を浮かべていましたし……あれには私も驚いて思わず固まってしまいましたわよ。

「そ、そうですわね。私も陛下のことを見た時は驚きましたわ」

顔の熱を引くために手でパタパタと扇《あお》ぎながら、レオ様の言葉に頷きます。

「まぁ、それだけシャルロットのことを本当の娘のように思っていてくれていたってことなのかもしれないな」

そう言ってレオ様は私の方を見てきましたわ。

その表情があまりにも優しいものだったので、再び顔が赤くなってしまいそうですが、これくらいで顔を赤らめてしまっていたら今後、何も出来ませんわよね。

結婚式が終わった、ということはし、初夜があるわけですし……い、いや、まだお屋敷にはお父様達もいるのでどうなるかはわかりませんわよ？

私はただ一般的な話をしているだけで……

なぜか心の中でそんな言い訳をしながら、式が終わってからはしたない事ばかり考えている自分に叱咤しましたわ。

私がそんなくだらないことを考えている間、式場の方は既に片付けが始まっています。式の後のテラスでお披露目をする準備は整った、と報告を受けましたわ。

「拡声器を使う、とのことですが実は初めて使うんですのよね……」

やっと顔の赤みが引いたのを確認しながらポツリとそう呟くと、私の言葉にレオ様は普段よりも少し目を見開かれました。

「そうなのか？　王太子の婚約者だったんだから、てっきり使ったことがあるとばかり思っていたんだが」

本当に意外だと思われているようですわね。

確かに王太子の婚約者でしたし、陛下が使う時があるので拡声器自体は見たことがありますが……ただ、それを使ってまで私が発言するようなこともありませんでしたし、必要がなかったんですのよね。

なので、驚いた視線を送っているレオ様には苦笑します。

「私から国民へお話をする機会なんて滅多にありませんし、そもそもカイン様だって基本的には黙って陛下の近くにいるだけでしたのよ」

「そうだったのか……」

呟くように言って、なぜかレオ様は深刻そうな顔をして考え込むように黙り込んでしまいましたわ。

え？　もしかして、なんだか言ってはいけないことでも言ってしまったんでしょうか？

いや……そんな訳はありません。だって、私は拡声器を使ったことがない、と言っただけですし……

「そんなに真剣な顔をしてどうしましたの？」

「いや、実はな……俺も拡声器なんて使う機会がなかったから初めて使うんだが……シャルロットなら使い方を知っているとばかり……」

頬をポリポリと掻きながらそう言うレオ様は、都合の悪そうな顔をしています。

「ということは、支配人に使い方を聞いた方がいいですわね」

そう言ってニッコリと微笑みましたわ。

そんな私を見たレオ様は、一瞬驚いた顔をしていましたが、少し顔を赤らめながら「そうだな」と言って微笑み返してくれましたわ。

きっとレオ様のことですから、かっこ悪いところを見せてしまった、とでも思っているんでしょうけど、私からすると、なんでも出来るレオ様はもちろんカッコイイですが、こういう私にしか見せないような姿を見られるのは嬉しいことですわ。

そう思いながらレオ様を見ると、私の視線に気付いたのかパチッと目が合うと、それがなんだか面白くて二人でクスクスと笑い合いましたわ。

すると話に加わるタイミングを見計らっていたかのようなタイミングで私たちを呼ぶ声が扉の近くから聞こえてきましたわね。

「レオン様、シャルロット様」

その声でパッと扉の方に視線を向けると、そこには支配人が立っていて、今のやり取りを見ていたのかニッコリと微笑みながらこう言いましたわ。

「心配しなくても、テラスにご案内する時に拡声器の使い方は説明しますよ。既に領民たちはお二人の姿を見るために首を長くして待っています。案内してもよろしいでしょうか？」

それを聞いたレオ様も私も一瞬キョトンとした顔をしてしまいましたが、二人で目を合わせてフッと笑った後にテラスへと向かいました。

支配人が言っていた通り、私たちがテラスに出ると既に沢山の領民たちが待っていてくれていましたわ。

領民の全員が集まっているのではないか、というほど本当に沢山の人達が私たちがテラスに出て来るまでの間、待っていてくれましたのね。

今までレオ様が領民たちに優しく接していたからこそ、これだけ大勢の人達からお祝いをされるんでしょうけど、何よりも嬉しいのが子供達とお年寄りの人達を前の方にしてくれている、ということですわよね。

レオ様同様に、領民たちの優しさが伝わってきますわ。

そう思いながら、レオ様の隣で微笑みながら領民たちに視線を向けると、無事に拡声器の使い方を教えてもらったレオ様が挨拶をはじめました。

「今日は俺とシャルロットの結婚式に集まってくれて感謝する」

「「「わぁぁぁぁぁぁ」」」

どこからともなく大きな歓声が湧き上がりましたわ！

「本来なら、ここでお披露目して終わり……というつもりだったんだが」

そんな歓声の中、レオ様がそう一区切りすると、領民たちは歓声が沸き上がっていたのに、レオ様の話を聞こうと一気に静まり返りましたわ。

誰かが指示を出しているわけでもないのに、皆その場の空気を読んでくれていますのね。

そんな状況に思わず頬を緩めながら様子を窺っていると、皆が静かになったタイミングでレオ様が宣言しましたわ。

「これから屋敷の方でパーティーをすることに決めた！　時刻は夕刻を過ぎた頃。屋敷では既にパーティーを行う準備を頼んでいる」

そう言うと、領民たちの静寂は一瞬でした。

「「「「わぁぁぁぁぁ」」」」

再び大きな歓声があがりましたわ。

中には本当に嬉しそうな顔をして喜ぶ人も見えますし……なんだか私の方まで嬉しくなりますわね。

さて、一通り領民たちに話すことを終えたレオ様は、サッと私の前に拡声器を差し出してきましたわ。

正直、レオ様が伝えたいことは全て言ってくれていますし、私から言うことはほとんどないんですが……でも、こうやってせっかく渡してくれたのに何も言わないのもレオ様に悪いですわよね。

そう思った私は、レオ様から拡声器を受け取って一言だけつけ加えます。

「食事も用意してあるので皆さんのことをお待ちしておりますわ」

そう言うと、今日で一番なのでは？　というほどの大きな歓声が上がりましたわ。

初めて拡声器を使いましたが、この歓声を聞くと悪い気はしませんわね。

なんだか貴重な体験をした気分ですわ。

「「「「わぁぁぁぁぁぁ！！」」」」という歓声が終わらない中、私たちはテラスを後にしました。

「皆さん来てくれるかしら？」

「喜んでくると思うぞ？　ここの領民はパーティーが好きだからな」

そう言うレオ様はやはり領民たちにお祝いされるのが嬉しいのか、なんだか普段よりも表情が柔らかいように見えますわ。

私も領民たちの前に出て、改めてこの結婚がとても喜ばれていることなんだ、と思いましたし、結婚をここまで喜んでくれる領民は数少ないでしょうからね。

レオ様と結婚が出来て本当によかった、と思いましたわ。

そういえば、控室に案内をしてくれた支配人が物凄く遠慮気味にパーティーに参加したい、と言ってくれましたのよね。

もちろん支配人だってここの領民ですし、参加してくれるのであれば喜んで受け入れますわ。

なので、なぜ恐る恐る聞いてきたのかは謎ですが……まぁ、気にしても仕方がありませんわね。

そんなことを思いながら、式用の豪華なドレスから普段のドレスに着替えていると、急にバンッと大きな音を立てて扉が開きました。

「シャルロット様ぁぁぁ!!」

驚きのあまり、無言で扉の方を見るとそこには息を切らしたサティが立っていて、ついさっきまで式場の関係者と二人きりだったので、なんとなくホッとしましたわ。

やっぱり、普段から一緒にいるサティが近くにいてくれるだけで、安心するものですわね。

「サティ！　準備の方は大丈夫ですの？」

「はい！　後は作り終えた料理を運ぶだけなので、皆さんが式場に向かってもいいと言ってくれて……」

サティはそう言いましたが、なぜかその表情は浮かない顔をしています。何か問題でもあったんでしょうか？

いや、ですがサティはあと食事を運ぶだけ、と言っていますし、気のせいでしょうか。

「まぁ！　戻ったら皆にお礼を言わないとですわね」

ニッコリと微笑みながらそう言うと、そんな私を見たサティはなぜか目に涙を溜め始めましたわ。

「でも、でもぉぉぉ……」

あまりにも急な展開に頭が追いつかず式でのメイクを落としている途中にも関わらず、咄嗟にサティに駆け寄りました。

「ど、どうしましたの？　そんなに悲しそうな顔をして」

「式には間に合わなかったんですよぉぉぉ」

泣きながら、訴えかけるように私に言ってきました。

これは……完全に私が領民を招いてパーティーを、なんてことを言い出したせいですね……

「私が急に我儘を言ったからよね……サティ、ごめんなさい」

本当に申し訳ない、と思いながら謝罪をすると、そんな私を見て慌てたように涙を拭っています。

「い、いいえ！　決してお嬢様のせいではありません！　私が自らお屋敷で準備をする、と言いました　し！」

そう言ってくれましたが、流石にその通りだとも言えませんわよね。だって、本当に私のせいでサティは式に参加できませんでしたし。

本来ならお父様たちの横で……というのは無理かもしれませんが、式には参加出来る予定だったのに……サティにどう声をかけていいのか、悩んだ私はただただオロオロとサティのことを見ることしか出来ませんでしたわ。

「ですが、せっかく戻るなら間に合いたかったというだけの話で……お嬢様のせいとかそんなのではなくて」

言い募ったところで、落ち込んでいるのは誰が見ても分かります。

ど、どうしましょう……謝罪をしても式は終わっていますし、どうすることも出来ませんがサティの気持ちもわかりますし……

と思いはしますがどうしたらいいのかわからず、オロオロとサティのことを見ていると、何事か、と言わんばかりに不思議そうな顔をしたレオ様が現れました。

「外まで叫び声が聞こえてきていたぞ。一体何があったんだ？」

そのため聞かれるがまま、サティとの会話を軽く話します。

「なんだ、そんなことか」

そう言うレオ様は呆れているのか、それともサティがなぜ泣いてしまうほど落ち込んでいるのかわからないのか、淡々とした口調でそう言いましたわ。

「そんなことって、私には重要なことですよ！」

食ってかかるような言い方でレオ様にそう言うと当然のように次の言葉が返されました。

「だったら今度、従者たちの前でもう一度式を挙げればいいだけだろ？」

「「えっ!?」」

驚いてしまいましたが、そんな私たちにレオ様は何も言うことなく帰りの支度を始めてしまいました。

私もレオ様に続けて帰りの支度を始めましたが……もう一度式を挙げる、といいましたわよね？

そんなことが出来るのでしょうか？

いや、レオ様が出来ないことを言うような人ではないと思っていますが……

なんて思いながら馬車に乗って急いで帰宅をするとサティの声が聞こえてきましたわ。

「レオン様ー！　お嬢様ー！」

あの後、まだ私たちの帰りの準備が済んでいなかったので、サティにはお屋敷の方の準備をしてもらうために先に帰ってもらいましたのよね。

声がする方に視線を向けると、サティが満面の笑みで私とレオ様に手を振っていて、私たちに早く会場に入るよう促しています。

「既に沢山の人が入っていますよ！　皆さん、お嬢様たちのことをお待ちしています！」

そんなサティに誘導されて会場の中に入ると、既に私たちが招待した貴族たち、そして領民たちはそれぞれが思うがままパーティーを楽しんでいて、この会場の中にいる全員が良い笑顔で談笑をしていましたわ。

とはいえ、やはり貴族と領民たちで話をしているような光景は一つもなく、談笑の間に領民たちはチラチラと陛下やお父様達の顔色を窺っていますわね。

うーん……私が提案したようなものでしたが、平民と貴族でパーティーを開くのはやはり難しいものなんでしょうか？

何もせずに楽しんで、と思いますがなかなか難しいものですわよね。

そう思いながら、レオ様にエスコートされて陛下達の元に向かいましたわ。

「急にこんなことになってすみません」

陛下達と合流をしたレオ様が早速そう声をかけるとそう言った陛下は、領民たちがワイワイ騒いでいる様子を見て楽しんでいるのか、嬉しそうに目を細めましたわ。

「いや、領民たちのことを思ってのことだろう？」

さて、その後のパーティーですが、レオ様に言われた通り私たちのお祝いの為に沢山の人が集まってくれている、ということは本当ですし、主役である私がいつまでも暗い顔をしていたら皆も心から楽しめない、ということで、気持ちを入れ替えて集まってくれた領民たち、そして貴族たちの相手をしましたわ。

レオ様が招待していた貴族の人達は、流石にレオ様以外の辺境伯に会ったことがないとはいえ、皆がとても優しくてそしてレオ様の結婚を心から祝福してくれる人ばかりで私の方まで嬉しくなりましたわ。

それに、辺境伯以外にも伯爵や公爵、陛下などの爵位の高い人ばかり集まっている中、男爵の姿もあってレオ様は本当に爵位だけで人を見ることなく、誰からも信頼されている人なんだ、と改めて尊敬しました。

まぁ、当の男爵からすると、陛下達の中に放り込まれてしまったような形になっているので、凄く居心地が悪そうにしていましたけど……

あぁ、それから領民の人達にはしっかりと私からお礼を言うことが出来ましたのよ。

挨拶に来てくれた時、皆が口を揃えて「ご無事でよかったです！」と嬉しそうに言ってくれたのが印象的でしたわ。

色んな人の相手をしたので、凄く忙しかったですが、本当に……本当に楽しいパーティーでした。

＊　＊　＊

私とレオ様の結婚式から、半年の時が流れましたわ。

この一か月間の間で、本当に色々なことがありました。

まず、牢屋の中にいたカイン様とリリア様ですが、式の二日後に、強制労働の土地へと送られるため、陛下が手配してくれた兵士たちに連れていかれましたわ。

まぁ……カイン様達のことは想像通りで、強制労働される人を見に来る悪趣味な貴族たちが面白おかしく変な噂を流してくれましたのよね。

絶縁された後に、陛下を殺害しようとして捕まった、とか……前の婚約者を誘拐して既成事実をつくろうとした、とか。

あぁ、他には街中でリリア様と一緒に盗みを働いて捕まったとか、平民として暮らさせるより強制労働させて遠くに送った方が良いと陛下が判断したとか、そんな噂もありましたわね。

まぁ、二つ目の噂に関しては少し合っているので聞いた時に驚きましたが、しっかりと陛下の口から皆が納得できるような説明があったらしいですわ。

私とレオ様は王都まで遠すぎるので、陛下の話を聞くことは出来ませんでしたが、お父様達曰く凄く良いお話だった、とのことでしたのよね。

そんなにいい話だったら私も聞きたかったですわ。

レオ様と陛下との手紙のやり取りで、今は二人とも文句を言いながらも汗水垂らして働いている、とのことなので、とりあえず一安心ですわね。

それからリーシャですが……領民たちの前で処刑が行われましたわ。

レオ様は反対しましたが、私がその場にいないのもおかしい話だと思い同席しましたの。

リーシャは最後まで自分は間違ったことを言っていない、と言っていたのが印象的で、あれほどまでに領民から慕われていたのに、最後にはほぼ全員から睨まれていなくなることになりましたわ。

長年築いた信頼もたった一度の過ちで崩れ去っていくものなんですのよね。

そして、家のことですがリーシャと言うメイド長がいなくなってしまったので、誰かしらメイド長にならなくては……という話になったんですが、なんと今サティがこの家のメイド長をしてくれていますの。

なんでも、結婚式後のパーティーの準備をする時、サティの的確な指示や、周りを気遣いながらもしっかりと仕事をこなしているところを見て、従者の全員がサティをメイド長に、と言っていましたのよね。

正直、私の知っているサティは公爵家のメイド長達に怒られているような子だったので、凄く驚きましたわ。ですが、それと同時に凄く嬉しくて、レオ様には内緒でサティと私の二人でお祝いをしましたのよ。

なんだかこうやって思い返してみると、つい最近の出来事だというのに随分と前のことのように思えてきますわね。

とにかく今は、こうやって何もなく過ごしているのが信じられないですわ。

そう思いながら、持っていたナイフとフォークを置いてふぅ……と深く息を吐きましたわ。

「……もう食べられないですわ」

本当に申し訳ありませんが、料理を残すことをサティに伝えると、サティは心配そうな顔をしています。

「最近食欲がありませんね。どこか調子が悪いところでもありますか？」

確かに、ここ最近は今まで残すことがなかったのに、毎回食事を残していますわ。

ただ、何と言えば良いのかわかりませんが、今はお腹がいっぱいで残すのに、すぐにお腹が空いてしまいますのよね。

それも三時間おきくらいのペースで。

うーん……調子が悪いとかはありませんが、そこが普段とは違うところなので気にはなっていますが……

「とりあえず、医者に診てもらった方が良いですよ！　すぐに手配しますね！」

サティはそう言って食堂を後にしましたわ。

医者が到着すると、早速問診に入りましたわ。

私の正面に医者が座って、私の後ろにサティが控えている、という状況ですが……医者を呼ぶまでのことなのか、といまだに思っていますのよね。

だって暑くて体が疲れてしまっているだけ、という可能性だってありますからね。

そう思いながら医者からの質問に答えていると医者は顎に手を当てながら聞いてきました。

「ということは食欲以外に何か不調を感じたことはないんですよね？」

「えぇ……特にこれと言ったものはありませんが……」

すると今まで黙って話を聞いていたサティが我慢できなくなってしまったのか、私の前に身を乗り出して質問し始めました。

「あのっ！　奥様は大丈夫なんですよね⁉」

そんなサティにタジタジになりながらも、医者は必死に原因を探っていますが、やはり何も問題は見つけられず、ただただ時間だけが過ぎているような状況になってしまっていますわ。

うーん……何も問題がないということであれば、医者だって忙しいんですしあまり引き留めておくのも申し訳ないですわよね。

サティとしては何か問題がないか、心配して気が気ではないんでしょうけど……なんて思っていると、サティに質問攻めとなっていた医者は何か思い出したかのように声をあげましたわ。

「……あっ！」

そして、次に医者の口から出た言葉は衝撃的な言葉でした。

医者が帰った後、私はすぐレオ様に報告をするために領地の真ん中あたりにある、畑へと急ぎました。

というのも、今日は書類関係の仕事が少なかった、ということでレオ様が畑の手伝いに行っているんですのよね。

夕方には戻ってくることはわかっていましたが待ちきれず、初めて畑に顔を出すんですが……レオ様も驚くでしょうか？

そう思いながら、辺りを見渡していると、レオ様は畑の真ん中で作業をしていて、土だらけになりながら大量の藁を抱えているのが見えましたわ。

畑の中だというにも関わらず、野菜たちを踏まないように気を付けながら駆け寄った私は、そのまま彼に抱き着きます。

「レオ様！」

「シャルロット⁉　ど、ドレスが汚れるぞ⁉」

人前でこのようなことをするのは初めてのことだったので、私のことを受け止めながらも、凄く驚いた顔をしていますわね。

そんなレオ様を見ながら、私はどんな反応をするかドキドキしながらこう言いましたの。

「レオ様！　私、妊娠していましたわ！」

するとレオ様が言葉を発するよりも前に、近くにいた領民の人達が反応しました。

「おい！　奥様が妊娠したって！」

「本当か!?」

「ついにレオン様に子供が……」

口々にそう言うと、どこかへと散らばっていきましたわ。

この様子を見ると、今から他の人達にも伝えに行く、とかそんな感じでしょう。場所を考えずに大声で報告をしてしまった私のせいですが、なんだか少し恥ずかしいですわね。

そう思いながらレオ様を見ると、私からの報告を聞いてから何も言うことなく固まってしまっていますわ。

ど、どうしたんでしょう？　もしかして……嬉しくなかった、とか？

そう思った私は、恐る恐るレオ様の顔を覗き込みます。

「れ、レオ様？」

「ありがとう！」

レオ様は満面の笑みでそう言うと、私のことを思いきり抱きしめてくれました。

この作品に対する皆様のご意見・ご感想をお待ちしております。

おハガキ・お手紙は以下の宛先にお送りください。

【宛先】

〒150-6008 東京都渋谷区恵比寿4-20-3 恵比寿ガーデンプレイスタワー8F
(株) アルファポリス　書籍感想係

メールフォームでのご意見・ご感想は右のＱＲコードから、
あるいは以下のワードで検索をかけてください。
アルファポリス　書籍の感想　検索

ご感想はこちらから

本書は、「アルファポリス」(https://www.alphapolis.co.jp/) に掲載されていたものを、
改稿、加筆のうえ、書籍化したものです。

# 王太子《おうたいし》から婚約《こんやく》破棄《はき》され、嫌《いや》がらせのように
# オジサンと結婚《けっこん》させられました
## ～結婚《けっこん》したオジサンがカッコいいので満足《まんぞく》です！～

榎夜（かや）

2023年 8月 5日初版発行

編集－本丸菜々
編集長－倉持真理
発行者－梶本雄介
発行所－株式会社アルファポリス
〒150-6008 東京都渋谷区恵比寿4-20-3 恵比寿ガーデンプレイスタワー8F
TEL 03-6277-1601（営業） 03-6277-1602（編集）
URL https://www.alphapolis.co.jp/
発売元－株式会社星雲社（共同出版社・流通責任出版社）
〒112-0005 東京都文京区水道1-3-30
TEL 03-3868-3275
装丁・本文イラスト－アメノ
装丁デザイン－AFTERGLOW
（レーベルフォーマットデザイン―ansyyqdesign）
印刷－図書印刷株式会社

価格はカバーに表示されてあります。

落丁乱丁の場合はアルファポリスまでご連絡ください。

送料は小社負担でお取り替えします。

ISBN 978-4-434-32335-5 C0093